도마뱀
과
도마뱀

도마뱀
과
도마뱀

초판 1쇄 펴냄 | 2014년 7월 30일

·

글 | 윤태규
그림 | 김천일
편집 | 장순일
디자인 | 이안디자인
펴낸이 | 정낙묵
펴낸 곳 | 도서출판 고인돌
주소 | 경기도 파주시 문발동 617-12 1층 우편번호 413-832
전화 | 031-943-2152
전송 | 031-943-2153
손전화 | 010-2261-2654
전자우편 | goindol08@hanmail.net
출판등록 | 제 406-2008-000009호

값 12,000원
ISBN 978-89-94372-67-9 74810
ISBN 978-89-94372-20-4 (세트)

이 도서의 국립중앙도서관 출판시도서목록(CIP)은 서지정보유통지원시스템 홈페이지(http://seoji.nl.go.kr)와
국가자료공동목록시스템(http://www.nl.go.kr/kolisnet)에서 이용하실 수 있습니다. (CIP제어번호: CIP2014019253)

도마뱀
과
도마뱀

윤태규 글 | 김천일 그림

고인돌

차례

놀듯이 쉬듯이 읽으세요

"책을 읽을까요, 골목에 가서 놀다 올까요?"

어떤 아이가 이렇게 묻는다면 조금도 망설이지 않고 대답해 줄 겁니다.

"책을 내려놓고 골목에 가서 실컷 놀다 오세요."

골목에서 놀고 와서는

"책을 읽을까요, 자전거 타고 놀다 올까요?"

다시 이렇게 묻는다면 역시 머뭇거리지 않고 대답할 겁니다.

"자전거 타고 오세요."

자전거를 타고 와서

"책을 읽을까요, 목욕을 할까요?"

또 이렇게 묻는다면 역시 망설이지 않고 말할 겁니다.

"목욕 먼저 하고 책 읽으세요."

목욕을 한 뒤

"책을 읽을까요, 숙제부터 할까요?"

또 이렇게 묻는다면 역시 대답은 같습니다.

"숙제부터 하세요."

숙제를 다 해 놓고 이젠 너무 피곤해서 책을 못 읽겠다고 말하면 그제야 이렇게 말해 줄 겁니다.

"이것저것 많이 했으니 쉬세요. 아까 읽으려고 하던 책을 가지고 쉬세요. 쉬는 시간이 바로 책 읽는 시간이에요.

책은 일하듯이 공부하듯이 읽는 게 아니라 쉬듯이 놀듯이 읽는 겁니다. 책 읽으세요."

책은 가지고 잘 놀면 됩니다. 책을 읽으면서 몸도 마음도 쉬면 된다는 말입니다.

이 책에 나오는 열 가지 이야기를 차례대로 한꺼번에 다 읽어야만 하는 것이 아닙니다.

마음 가는 이야기를 골라 읽으면 돼요. 물론 한꺼번에 다 읽어도 되고요.

동무들과 놀 때 숨바꼭질, 비사치기, 땅따먹기, 구슬치기 같은 놀이를 한꺼번에 다 하지 않는 것과 같아요.

책에 있는 내용을 많이 외어 둘 필요도 없어요. 그냥 재미있게 읽으면 돼요.

놀이를 할 때 함께하는 동무가 입고 있는 옷 모양이나 색깔 같은 것을 꼭 알아야 되는 게 아니잖아요.

그냥 재미있으면 되니까요.

그러고 보니 책읽기는 놀이와 아주 비슷하네요. 맞아요.

어떤 사람은 책읽기가 공부하는 것과 아주 닮았다고 하는데 아니에요. 잘못 알았어요.

노동자는 책을 언제 읽는 게 좋으냐 하면 힘들게 일하고 나서 쉴 때 읽는 게 좋아요.

직장에 다니는 사람 역시 퇴근하고 쉴 때가 책읽기에 딱 맞는 시간이지요.

집안일을 하는 엄마도 청소나 설거지를 다 해 놓고 쉬면서 책읽기를 즐기면 되고요.

그렇다면 학생들은 언제가 좋을까요? 벌써 눈치챘을 테지만 공부하다가 머리를 식히고 싶을 때가 좋아요.

역시 쉴 때지요.

이젠 확실히 알았지요? 책읽기가 공부와 친한 게 아니라 놀이와 친하다고요.

그래요. 책읽기, 특히 동화책 읽기는 내용을 외우려고 집중해서 읽는 게 아니고, 놀듯이 쉬듯이 재미나게 읽으면 돼요.

42년 넘게 초등학교에서 아이들과 함께 지내다가 이제 학교를 떠나면서 그 기념으로 이 책을 냅니다.

어린이들이 이 책을 놀듯이 쉬듯이 하면서 많이 읽었으면 좋겠다는 바람을 갖고 여러분 앞에 내놓습니다.

윤태규

도마뱀과 도마뱀

"전국에 계시는 시청자 여러분, 다가오는 일요일 오후 8시 잊지 마십시오. 20분 동안 방영되는 '놀라운 세상' 놓치지 말고 반드시 보십시오. 자녀들과 함께 보시면 더욱 좋습니다."

텔레비전에서 며칠 전부터 틈새 시간에 하는 안내 방송입니다.

"뭐가 나오길래 저렇게 야단스럽게 선전을 해 대노?"

"무슨 특종 프로그램인가 봐."

"그 시간에 중요한 볼일이 있는데 어쩌지?"

"시골 할머니 댁 텔레비전 이상 없이 잘 나오고 있는지 미리 연락해 봐야겠어."

"고장 난 텔레비전 얼른 고쳐 놓아야겠네."

워낙 야단스럽게 선전을 해 대는 바람에 이 집에서도 저 집에서도 난리입니다.

안내를 하는 아나운서 뒤편으로 스쳐 지나가는 자료 화면에 도마뱀 모양이 슬쩍 비쳤습니다. 그걸 두고 사람들은 방송 내용을 미리 짐작하느라 또 난리입니다.

"공룡 새끼가 발견된 게 아닐까? 그렇다면 대단한 일이지."

"도마뱀이 뱀과 싸워 이긴 이야기인지도 몰라."

"아냐, 내 생각으론 하늘을 나는 도마뱀이 나올 것 같아."

"말하는 도마뱀이 나올 수도 있어."

"도마뱀이 용이 되어 하늘나라로 올라간 이야기일지 몰라."

"글자를 알아서 책을 읽는 도마뱀이 나오는 것은 아닐까? 그렇다면 정말 '놀라운 세상'이잖아."

상상은 하늘까지 가기도 하고 공룡이 살던 아득한 옛날로 가기도 합니다. 도마뱀이 용이 되기도 하고 사람만큼 똑똑해지기도 합니다. 여기서도 저기서도 온통 '놀라운 세상' 프로그램 이야기입니다. 사람들은 궁금해서 못 견딥니다.

"시청자 여러분, 일요일 저녁 8시를 기억하고 있겠지요? 누구도 놀라지 않을 수 없을 겁니다. 놓치지 마십시오."

틈새 시간마다 나오는 안내 방송은 궁금함을 넘어 사람들을 못 견디게 만들었습니다.

"여보세요, 방송국이죠? 도대체 어떤 이야기가 나오나요? 살짝 귀띔 좀 해 줄 수 없나요? 미치겠습니다."

"전 궁금증이 지나치면 입술이 아예 타 버립니다. 지금 입술이 다 탔어요. 죽을 지경입니다. 사람 살려 주는 셈 치고 제게만 알려 주세요."

"속에서 천불이 나서 죽는 꼴 보려고 그래요?"

사람들 마음속에서도 방송국 전화에서도 불이 났습니다. 좀 가르쳐 달라고 사정을 하는 사람, 안 가르쳐 주면 앞으로 그 방송국 프로그램 절대 안 보겠다고 엄포를 놓는 사람, 가지각색입니다.

"왜 이리 시간이 안 가노?"

"아직도 반 시간 더 남았네."

사람들은 벽에 걸린 시계를 쳐다봅니다. 손전화를 꺼내 시간을 보고 또 봅니다. 8시가 가까워지자 온 나라 도로가 조용해졌습니다. 골목길이 한산해졌습니다. 도시에는 지하철이 썰렁해졌습니다. 띄엄띄엄 보이는 사람들도 손목시계나 손전화 시계를 보고 또 보면서 뛰었습니다. 얼마나 급한지 아는 사람을 만나도 인사도 안 하고 지나쳐 뛰기만 합니다.

　"땡! 시청자 여러분, 안녕하세요? 기다리고 기다리던 8시입니다. 지금부터 여러분은 놀라운 장면, 가슴 뭉클한 장면, 감동이 가득한 장면을 보실 겁니다."

　여자 아나운서가 어느 시골길을 걸으면서 흥분을 감추지 못한 모습으로 방송을 시작했습니다. 아나운서 뒤로는 기와집도 보이고 붉은 흙벽돌집도 보였습니다. 아나운서가 붉은 흙벽돌집 앞에 멈춰 섰습니다.

　"이 집입니다. 이 집에서 세상을 놀라게 하는 장면을 여러분은 보게 될 겁니다. 이 집은 3년 전에 지어진 집인데, 여기에 포도 가공 공장이 들어서는 바람에 헐리게 되었습니다."

　영상은 아나운서가 손으로 가리키는 붉은 흙벽돌집을 이리저리 비췄습니다. 사람들은 숨을 죽이며 화면에 눈을 박고 영상을 따라다녔습니다. 하나라도 놓치면 큰일이라도 난다는 듯이.

"저 집에서 귀신이라도 나오는 걸까?"

"아니면 괴물이라도?"

"저 집이 저주받은 집인 모양이제."

"저 집에서 도마뱀이 용이 되어 올라간다?"

성급하게 점치는 사람들도 있었습니다.

"뭐야? 공장을 지으려면 집을 헐어야 하는 건 당연하지."

"지금 우리 모두가 방송국 장난에 속고 있는 게 아닐까?"

"맞아, 모든 시청자를 몰래카메라로 속이는 것 같기도 한데."

못 미더워하는 사람도 있었습니다. 그렇지만 그 누구도 텔레비전에서 눈을 떼지는 못합니다.

"3년이라고 했습니다. 집을 지은 지 3년. 그런데 놀라지 마십시오. 여기를 보십시오. 이 도마뱀을 보십시오."

사진기는 드디어 도마뱀을 비추었습니다. 도마뱀은 뜯다가 만 지붕 한구석에 있었습니다. 화면이 앞으로 당겨져 크게 더 크게 비췄습니다. 도마뱀은 사람들 소리에 놀란 듯 몸을 구불거렸습니다. 그런데 도망은 가지 않고 그 자리에서 머리와 꼬리만 심하게 흔들어 댔습니다.

"이 도마뱀입니다. 여기를 보십시오. 이 집을 지을 때 목수가 친 커다란 못이 그 밑을 지나가던 도마뱀 몸뚱이 한가운데를 이렇게 정통으로 뚫어 나무에 고정시키고 말았던 겁니다. 목수는 그 사실을 까마득히 모르고 지붕을 덮었고요. 우연 치고는 기가 막히는 우연입니다. 그러고는 무려 3년이라는 세월이 흘렀습니다. 자세히 보십시오. 여기입니다."

사진기는 도마뱀 몸뚱이에 정통으로 내리꽂힌 커다란 못을 비췄습니다.

"세상에!"

"3년이라고?"

"3년을 저러고 있었다고?"

"어이구 불쌍해라."

"저런! 저걸 어째?"

"그런데 죽지 않고 어떻게 살았지? 3년 동안이나?"

사람들은 모두 혀를 끌끌 찼습니다. 몸을 부르르 떨며 몸서리를 치는 사람들도 있었습니다.

"자, 놀라운 일은 지금부터 벌어집니다. 3년 동안이나 죽지 않고 어떻게 버텼을까? 그게 이상하지 않나요? 그것도 빠짝 마르지 않고 이렇게 통통하게 살까지

찌면서. 그 비밀이 이제 곧 벗겨집니다.”

　화면은 점점 멀어져 작아지고 도마뱀 둘레가 보이기 시작했습니다. 그런데 지붕 저쪽 끝에서 도마뱀 한 마리가 나타났습니다. 못에 박힌 도마뱀과 크기가 비슷했습니다. 둘레를 두리번거리면서 못에 박혀 있는 도마뱀 쪽으로 다가왔습니다.

　“보십시오, 저것입니다. 저 도마뱀이 무엇을 물고 있는지를 자세히 보십시오.”

　아나운서가 흥분하는 듯했으나 소리는 최대한으로 속삭이듯이 말했습니다. 사진기는 그 도마뱀을 크게 비춰 주었습니다.

　“무엇을 물었다.”

　“벌레 같다.”

　벌레였습니다.

그 도마뱀은 둘레를 두

리번거리면서 오더니 못에

박힌 도마뱀 앞에 벌레를 갖다 놓았습니다.

못에 박힌 도마뱀은 그 벌레를 맛있게 집어 삼켰습니다. 그러고는 고맙다는 듯
이 고개를 몇 번 잘게 흔들었습니다. 벌레를 물고 왔던 도마뱀은 못에 박힌 도마
뱀이 벌레를 다 먹을 때까지 지켜보고 있다가 자리를 떴습니다. 가던 길을 멈추
고 몇 번 뒤를 돌아보더니 어디론가 사라졌습니다.

　“아!”

　“세상에!”

　“저거였구나!”

"저렇게 살렸구나!"

"사람보다 낫다."

"감동이다!"

"눈물이 다 나네."

온 나라 텔레비전 앞에서는 탄성이 터져 나왔습니다.

온 나라 할아버지 할머니 눈시울이 붉어졌습니다.

온 나라 아버지 어머니 눈에도 이슬이 맺혔습니다.

온 나라 아저씨, 아가씨들도 눈물을 닦아 냈습니다.

온 나라 아이들은 훌쩍훌쩍 소리를 내어 울었습니다.

"시청자 여러분, 마음껏 우십시오. 우셔도 됩니다. 식구들이 함께 손잡고 우셔도 됩니다. 우리 방송국에서는 수의사를 모셔 와 못에 박힌 도마뱀을 치료하여 돌려보내기로 했습니다. 동무인지 식구인지는 모르겠지만 그 아름다운 도마뱀에게로 돌려보내겠습니다. 우리에게 많은 생각을 하게 한 도마뱀 이야기는 여기서 마치겠습니다. 감동스러운 장면을 함께해 주신 시청자 여러분 고맙습니다."

방송은 끝났습니다. 텔레비전 앞 울음도 끝났습니다. 그렇지만 그 진한 감동은 온 나라 사람들 가슴에 깊이 아주 깊이 새겨졌습니다.

# 책가방을 잊고 왔어요

교문에 들어설 때까지도 하림은 정말 몰랐습니다.

"교장 선생님 안녕하세요?"

오늘도 교장 선생님은 여전히 교문 앞에 서서 아이들을 맞고 있었습니다. 하림이가 교장 선생님에게 인사를 꾸벅했습니다.

"예, 어서 오세요. 하림이네는 오늘 동네 한 바퀴 도는 공부를 한다면서?"

하림이네 학교 교장 선생님은 아침마다 교문 앞에 서 있습니다. 비가 오면 우산을 쓰고 서 있고 바람이 많이 불면 입마개를 하고라도 서 있습니다. 굉장히 추운 날은 털장갑을 끼고, 털모자까지 쓰고 거기 그렇게 서 있다니까요. 정말 못 말리는 교장 선생님입니다. 교문 앞에 서서 무엇을 하느냐고요? 그냥 서서 아이들에게 이런저런 것을 물어봅니다. 정말 쓸데없는 것들을 물어본다니까요.

"오늘 4학년이 버스 타고 과학관에 간다고? 참 재미있겠네."

이러기도 하고

"기택이 발걸음이 아주 씩씩하군."

이러기도 합니다. 정말 쓸데없는 말이잖아요.

진짜 우스운 것은

"오늘이 무슨 요일이게?"

이런 질문도 한다는 겁니다.

처음에 아이들은 그러는 교장 선생님이 이상하기도 하고 싫기도 했습니다. 괜히 별것까지 간섭한다는 생각을 해서였지요. 지금은 어떠냐고요? 지금도 크게 다르지는 않지만, 교장 선생님이 교문 앞에 없는 날은 웬일인가 하고 궁금하기도 하고 은근히 걱정되기도 하는 아이들이 많다는 사실입니다. 언젠가 교장 선생님이 출장으로 교문 앞을 며칠 동안 비웠을 때는 아이들이 살짝살짝 교장실에 가 보곤 하더라니까요.

지금은 하림이가 1학년 때 교장 선생님이 이 학교에 왔으니까 벌써 2년 반을

꼬박 교문 앞에 그렇게 서 있었군요.

오늘은 일할 때 쓰는 모자와 손바닥에 붉은 칠을 한 장갑까지 끼고 서 있네요.

"예, 어서 오세요."

교장 선생님이 활짝 웃으면서 인사를 받았습니다. 그때까지도 정말이지 하림이는 자기 등짝이 책가방이 없는 빈 등짝이라는 것을 까맣게 모르고 있었어요.

"하림이, 어디 갔다 오는 길이야, 이렇게 일찍이?"

교장 선생님도 참 이상합니다. 학교에 공부하러 오는 아이를 보고 어디 갔다 오는 길이라니요. 하림이는 그러는 교장 선생님이 너무 이상해서 얼른 대답이 나오지 않았습니다. 이럴 때 도대체 무슨 말을 해야 하나요?

'교장 선생님, 돌았나요? 학교에 공부하러 오고 있잖아요. 아니 학교에 오는 아이를 보고 어디 갔다 오는 길이냐고요? 오늘이 일요일이라도 되나요?'

이렇게 말하고 싶었지만 그건 그냥 속으로만 한 말입니다. 이러는 하림이의 속마음을 교장 선생님은 전혀 모르고 있을 겁니다. 하림이가 겉으로는 그냥 웃기만 했으니까요.

"강하림, 어디 갔다 오느냐니까?"

교장 선생님이 또다시 이상한 질문을 했습니다. 이젠 말하지 않을 수가 없습니다.

"학교에 공부하러 오는 길입니다."

하림이는 공부라는 말에 힘을 주어 이렇게 대답했습니다.

"뭣이, 공부하러 오는 길이라고? 그럼 책가방은?"

교장 선생님의 두 눈이 둥그레졌습니다.

"가방 여기 있잖아……."

하림이가 가방을 보여 주려고 등을 들이대다가 깜짝 놀랍니다.

"어어? 내 가방……."

하림이는 그만 그 자리에 우뚝 멈춰 서고 말았습니다.

"교장 선생님, 깜빡하고 가방을 안 가지고 왔나 봐요."

"가방을 깜빡 잊고 왔다고? 차에 두고 내렸다는 말이냐?"

"교장 선생님, 그게 아니고 집에서 깜빡 잊고 왔어요."

"뭣이, 집에서? 허허허, 세상에 별일도 다 있네."

너무 같잖아서 교장 선생님은 하늘을 쳐다보며 쿡쿡 웃었습니다.

"하하하!"

"호호호!"

옆에 있던 아이들도 마구 웃어 댔습니다.

"그래. 하림아, 어떻게 할래? 가방 가지러 가야 하지 않겠니?"

실컷 웃어 대던 교장 선생님이 웃음이 채 가시지 않은 얼굴로 하림이를 내려다보면서 이렇게 물었습니다.

"교장 선생님, 지금 집에 갔다 오면 지각 되겠지요?"

하림이가 걱정이 된다는 얼굴로 대답을 했습니다.

"지각? 지각이 되겠지. 그렇지만 할 수 없지. 늦더라도 집으로 다시 가서 가방을 챙겨 와야 하지 않겠니?"

교장 선생님이 하림이의 등을 떠밀면서 다정하게 말했습니다.

"하림아, 너무 서둘지 마라. 내가 너 담임 선생님한테 이야기해 둘게."

"알았어요. 교장 선생님, 저는 걸음이 느려서 빨리 못 가요."

하림이가 교문 밖으로 나갔습니다. 정말 하림이는 바쁜 걸음이 아니었습니다. 누가 봐도 급하게 가방 가지러 가는 아이의 걸음걸이는 아니었습니다.

"강하림! 가만 있어 봐. 교장 선생님하고 같이 가자."

교장 선생님이 하림이를 불러서 차 앞자리에 태웠습니다. 저러다가 오늘 안으로 집에 갔다 올까 싶어서입니다.

"하림아, 길 안내 잘해. 나는 하림이네 집이 어디 있는지 모르거든."

"근데 교장 선생님, 교장 선생님이 우리 집에 가면 안 되는데요."

"왜 안 돼? 집에 무슨 일이라도 있는 거니?"

"우리 집에 사람들이 굉장히 많아요. 고모도 있고, 삼촌도 있고, 작은아버지, 작은어머니……."

"저런! 정말 많네. 잔치가 있는 모양이구나."

"오늘이 할아버지 회갑이거든요."

"그래? 할아버지 회갑이라서 학교에 와서 조퇴를 맡아 가려고 가방을 가져오지 않았구나. 진작 그렇게 말할 것이지."

"그게 아니고요. 정말 깜빡 잊어버렸어요."

"그러니? 그럼 학교에는 왜 왔니? 할아버지 회갑날에."

"교장 선생님, 할아버지 회갑에는 학교에 가는 게 맞나요, 안 가는 게 맞나요?"

"할아버지 회갑잔치에 멀리서도 친척이 축하하러 오는데, 집에 있는 손녀가 학교에 가 버리면 할아버지가 섭섭해하시지 않을까?"

"교장 선생님, 그것 때문에 엄마와 아빠가 싸웠어요. 엄마는 학교에 가라고 하고, 아빠는 학교에 가지 말라고 하고요."

"아하, 그랬구나. 그래서 급하게 나오느라고 가방을 잊어버렸구나."

"그래서가 아니고요. 그냥 깜빡했다니까요."

교장 선생님이 집 밖에 차를 세워 두고 있는 동안 하림이는 집으로 들어갔습니다. 교장 선생님이 집으로 들어가서 인사를 해야 하나 어쩌나 하는 생각을 하고 있는데, 하림이 뒤를 하림이 아버지와 어머니가 따라 나왔습니다.

"아이고, 교장 선생님, 바쁘실 텐데 우리 하림이 데리고 일부러 오셨네요. 너무 고맙습니다."

하림이 아버지와 어머니가 고마워서 어찌할 바를 몰라했습니다.

"잔치 준비로 바쁘실 텐데, 얼른 들어가세요. 그건 그렇고 하림이는 어떻게 하실래요? 학교에 보낼래요, 아니면 집안 행사에 참여하도록 하실래요? 학교에 보내지 않아도 결석은 아닙니다."

교장 선생님이 조금 바쁘게 설명을 했습니다.

"교장 선생님, 결석은 아니라고 하더라도 학생은 학교에 가서 공부를 해야 하는 게 맞잖아요. 할아버지도 그걸 원하셨어요."

하림이 어머니는 교장 선생님이 자기편이 되어 주기를 바라기라도 하듯이 교

장 선생님과 하림이 아버지를 번갈아 쳐다보면서 이렇게 말했습니다.

교장 선생님이 대답하기도 전에 하림이 아버지가 먼저 말을 했습니다.

"교장 선생님, 죄송합니다. 하림이 엄마는 학교에 가라고 야단치고 저는 가지 말라고 큰 소리를 지르고 하는 통에 하림이가 정신이 없어서 그만 가방을 잊고 갔나 봐요. 아무리 그래도 그렇지 학생이 어찌 가방을……. 크크큭!"

이야기하다 말고 하림이 아버지가 우스워 못 견디겠다는 듯이 입을 막고 소리를 죽여 웃었습니다.

"듣고 보니 그럴 만도 했네요. 허허허!"

교장 선생님도 웃고 말았습니다.

"교장 선생님, 하림이를 학교에 보내겠습니다. 그런데 지금 보내지 않고 아침 회갑 행사에 참여한 뒤에 뒷산으로 곧바로 보내겠습니다. 하림이네 반에서 현장 학습으로 우리 마을 뒷산에 오는데, 하림이가 모둠에서 우리 마을 설명을 하기로 되어 있다고 하네요. 그 책임감 때문에 학교에 꼭 가야 한다는 마음을 먹었나 봐요."

"그렇게 하세요. 그게 좋겠군요."

교장 선생님은 혼자 학교로 돌아오면서 자꾸 웃어 댔습니다.

'세상에, 가방을 잊어버리고 공부하러 학교에 오는 놈이 어디 있어? 그건 칫솔 안 갖고 이 닦으러 가는 것과 마찬가지잖아! 원 세상에!'

 대신 놀아 주는 로봇 동무

우리나라가 아닌 어느 이상한 나라의 이상한 학교 이야기입니다.

이 이상한 학교에 버럭선생님이라는 별명을 가진 선생님이 있었습니다. 아이들에게 버럭버럭 소리를 잘 질러 대기 때문에 아이들이 지은 별명입니다.

버럭선생님은 어찌 된 일인지 아이들이 노는 꼴을 못 봅니다. 버럭선생님이 가장 싫어하는 곳은 어린이 놀이터요, 가장 싫어하는 물건은 놀이터의 놀이 기구입니다. 그리고 가장 싫어하는 사람은 놀이터에서 놀고 있는 아이들입니다. 뿐만 아닙니다. 놀고 있는 아이들을 야단치지 않고 있는 어른들도 미워합니다. 그것뿐이면 말도 안 합니다. 놀이터 놀이 기구를 만드는 사람까지도 원수처럼 여깁니다. 또 장난감 가게 앞은 지나가지도 않고 기어코 돌아갑니다. 이쯤 되면 더 이상 말하지 않아도 참으로 별난 사람이란 것을 알겠지요?

"야, 이눔들, 놀지 말고 공부해야지!"

아이들만 보면 버럭선생님이 버럭 지르는 소리입니다.

운동장 서쪽 놀이터에 아이들이 정신없이 놀고 있었습니다. 버럭선생님이 언제 봤는지 잔뜩 독 오른 독사눈을 해서 그리로 어슬렁어슬렁 걸어갔습니다. 노는 데 정신이 팔린 아이들은 버럭선생님이 오는 것을 전혀 눈치채지 못하고 있었습니다.

"야, 이눔들! 그만두지 못할까! 어허, 큰일 났네 큰일 났어. 장차 이 나라의 기둥이 될 놈들이 공부 안 하고 이렇게 놀기만 해서 어쩌나? 이 아까운 시간에 쯔쯔쯧!"

버럭선생님은 당장 무슨 큰일이라도 난 듯이 아이들을 마구 야단쳤습니다.

"조금만 놀고 나서 공부할게요."

숨바꼭질을 하던 1학년 아이가 이렇게 말하고 말았습니다.

이제 큰일 났습니다. 1학년이라 버럭선생님을 잘 몰라서 그래 말했습니다. 버럭선생님 앞에서는 놀겠다는 말을 절대로 입에 올려서는 안 되는데 말입니다. 아니 0.1초라도 놀고 싶다고 해서는 불벼락이 떨어집니다. 당장 난리가 납니다. 깡통 놀이를 하던 5학년 남학생들도, 고무줄을 하던 6학년 여학생들도 그만 그 자리에서 얼음땡이 되고 말았습니다. 천둥이 치고 날벼락이 떨어질 것이니까요. 벌써 귀를 틀어막고 벌벌 떨고 있는 아이들도 있었습니다.

"뭐, 뭐, 뭐, 뭣이? 놀고 나서 공부를 하겠다고? 어이구 이 철없는 놈들아, 장차 이 나라의 기둥이 될 놈들이 놀 시간이 어디 있어? 너희들이 놀 시간에 일본, 중국, 미국 아이들은 눈에 불을 켜고 공부를 하고 있다고 생각해 봐. 어찌 잠시라도 놀겠다는 말이 나와? 1분 1초가 아까운 금쪽같은 시간이야. 이 철없는 놈들아! 공부, 그게 뭐가 그리 힘들어? 너희 아버지 어머니들은 그 어려운 시절에 밥 굶어 가며 호롱불 켜 놓고 공부했어. 노는 게 다 뭐야. 지게 지고 똥장군 지면서도 공부를 했어. 부모님에게 공부하게 해 달라고 밤낮으로 조르고 졸라서 공부를 했어. 그런데 너희들은 뭐야? 날마다 고기반찬에 하얀 쌀밥 먹지. 전깃불이 없어, 공부할 책이 없어? 공부할 시간이 없어? 그런데도 뭣이라고? 오늘 놀고 내일 공부하겠다고? 야, 이놈들아! 노는 것은 내일 놀아도 늦지 않아. 다 너희들을 위해서 하는 말이야. 어서 공부하러 가지 못할까?"

하늘이 쩡쩡 울렸습니다. 놀이 기구들이 흔들흔들 무너져 내릴 것만 같았습

니다. 아이들은 슬금슬금 꽁무니를 뺐습니다. 그래도 그만하기 다행입니다. 어떨 때는 버럭선생님이 땅을 치면서 엉엉 통곡을 하여 아이들이 혼비백산하기도 한답니다. 고무줄을 하던 아이들은 고무줄을 걷어 둘둘 말아 가방에 넣었습니다. 깡통을 차고 놀던 아이들은 화풀이라도 하듯이 깡통을 힘껏 차서 하늘로 날려 버렸습니다. 숨바꼭질을 하던 아이들은 버럭선생님의 눈을 피해 느티나무 뒤에 숨어 버렸습니다. 아이들 소리로 왁자지껄하던 놀이터가 금방 귀신이라도 나올 것같이 되고 말았습니다.

그런데 참으로 기가 막힐 일이 이 나라에서 벌어졌습니다. 그게 뭐냐고요? 이 나라에서 훌륭하고도 훌륭한 사람을 딱 한 사람 뽑는데 누가 뽑혔는지 아세요? 버럭선생님이 뽑혔습니다. 그 버럭선생님을 모든 학부모님들이 좋아했기 때문이지요. 학부모님들만 좋아한 게 아니라 장관도 국회 의원도 좋아했으니까 뽑히게 된 것은 당연하지요. 만약 그 뽑는 일에 아이들을 참여시켰다면 댕강 떨어졌을 건데 말입니다.

그런데 말입니다. 정말 그런데 말입니다. 더 기가 막힐 일이 이 나라에서 또 일어나고 말았습니다. 절대 놀라지 마세요. 버럭선생님이 이 나라의 대통령이 되어버렸답니다. 국회 의원도 장관도 아닌 대통령 말입니다.

어느 날 대통령이 된 버럭선생님이 장관들을 불러 놓고 회의를 열었어요.

"우리나라가 이만큼 발전하게 된 것은 우리가 어릴 때 놀지 않고 열심히 공부했기 때문입니다. 그런데 듣자 하니 요즘 아이들이 공부는 안 하고 노는 것만 좋아한다니 큰일 아닙니까? 아이들의 그 넘치는 에너지를 노는 데 쓰지 말고 내일을 위해 투자해야지요. 투자요 투자 말입니다. 내일을 위한 투자는 공부보다 더 확실한 게 어디 있겠습니까? 그런데 아무짝에도 쓸데가 없는 놀이에 땀 흘리며 에너지를 낭비한다니 이래 가지고서야 어찌 나라의 장래가 밝다고 하겠소? 무슨 대책이라도 세워야 하는 게 아니겠소? 나라의 운명이 달린 일입니다. 어린이는 장차 이 나라를 짊어지고 나갈 기둥이잖아요."

"그렇습니다, 정말 큰일입니다. 아이들이 시간만 나면 놉니다. 그래서 지난번 대통령님의 지시에 따라 운동장을 없애 버렸는데도 이놈들이 글쎄 동네 골목이고, 교실이고, 복도고 할 것 없이 닥치는 대로 놉니다. 심지어는 도로에까지 놀아서 교통사고 위험이 점점 커지고 있습니다."

교육을 맡은 육 장관이 일어나서 모든 것이 자기의 잘못인 양 연신 허리를 굽히며 이야기를 늘어놓았습니다.

"어허, 큰일입니다. 노는 공간을 없애도 별 효과가 없다면 노는 시간을 빼앗아버려야 해요, 시간을요! 이렇게 하다가는 우리나라가 머지않아 이웃 나라들에게 경제 대국이라는 이 영광스런 자리를 내주고 말 겁니다. 무슨 좋은 방법이 없나요, 좋은 방법이?"

대통령이 안절부절못했습니다.

"대통령님의 시간을 빼앗자는 말씀 정말 지당하십니다. 아무리 노는 데 물귀신이 붙은 아이들이라고 하지만 놀 시간이 없는데 어찌 놀겠습니까?"

이번에는 경제를 맡은 금 장관이 맞장구를 쳤습니다.

"그러니까 잠시도 노는 시간을 주지 말고 학교에서도 더 많이 공부시키고, 학원에서도 더 많이 공부시키고, 집에 오면 또 집에서 학습지 공부시키고 해도 틈만 나면 노는데 정말 어째야겠소. 그래서 그 틈을 없애야 한다 이 말입니다. 머리 좋은 장관들을 다 모아 놓았는데 진정 좋은 방법이 없다는 말이오?"

대통령이 답답하다는 듯이 가슴을 치며 사방을 둘러보았습니다.

"대통령님, 아무리 문을 꼭꼭 닫아도 공기가 방 안으로 들어오듯이 시간은 뺏고 또 빼앗아도 틈이 생기기 마련입니다. 그러니 시간을 없애기보다는 아예 놀이를 없애 버리는 것이 가장 확실한 방법이 아닌가 싶습니다."

이번에는 국방을 맡은 방 장관이 벌떡 일어서서 큰 소리로 말했습니다.

"뭣이라고요? 놀이를 아예 없애 버리자고요? 그것 참 멋진 생각입니다. 그래요, 그게 좋겠습니다. 놀이를 아예 없애 버립시다. 이렇게 간단한 걸 가지고 괜히 골치를 앓았습니다."

대통령이 무릎을 탁 치며 기쁘게 말을 받았습니다.

"대통령님, 우리가 어릴 때 공부를 열심히 하기는 했지만 돌이켜 보면 동무들과 골목에서 깡통도 차고, 뒷산에 가서 본부도 짓고, 얼음판에서 팽이도 돌리고, 강둑에서는 연도 날리면서 꿈을 키워 오지 않았나 싶습니다. 그러니 놀이를 없애자는 것은……."

국민의 복지를 맡은 복 장관이라는 사람이 일어서서 조심스럽게 입을 열었습니다."

"뭣이라고요? 아니 그렇다면 복 장관은 아이들을 놀게 하는 게 옳은 일이다 이 말입니까? 이 나라의 장래를 위해서 아이들에게 공부를 열심히 하게 하는 우리들은 그럼 나쁜 사람들이 되고 마네요."

대통령이 복 장관을 나무라듯이 말을 했습니다.

"아니, 그 그게 아니라……."

"그만두세요. 나라를 생각하세요. 나라의 장래를요!"

"대통령님, 놀이를 없애는 것도 그리 쉬운 일은 아니지 싶습니다. 그러니 놀이는 그대로 두되 로봇에게 대신 놀이를 시키면 어떨까요?"

과학 기술을 책임 맡은 공 장관이 무슨 대단한 발견이라도 한 듯이 일어서서 자신 있게 말했습니다.

"뭣이? 로봇에게 대신 놀이를 시킨다고요? 그거 대체 어떻게 하는 것인지 자세히 설명 좀 해 주세요."

대통령이 성급하게 다그쳤습니다.

"대통령님께서 늘 말씀하셨듯이 내일을 위해 공부해야 하는 우리 귀한 아이들에게 쓸데없는 놀이에 에너지를 낭비하게 할 것이 아니라, 청소를 로봇에게 시키듯이 아이들에게 로봇 동무를 하나씩 줘서 아이들 대신 놀도록 하자는 것이지요. 주인인 아이들은 그 시간에 공부를 하게 하고요."

대통령이 자기 의견에 관심을 보이자 공 장관은 어깨를 으쓱해 보이면서 열심히 설명했습니다.

"놀아 주는 로봇 동무라, 좋습니다. 경제고 과학이고 어느 나라에도 뒤질 게 없는 선진적인 우리나라에 딱 알맞은 기발한 아이디어입니다."

대통령은 가슴이 벅차다는 듯이 크게 한 번 숨을 들이마셨다가 내쉬고는 당장 지시를 했습니다.

"더 이상 의논할 일 없습니다. 이보다 더 좋은 방안이 따로 있을 수 없습니다. 교육을 맡은 장관과 경제를 맡은 장관, 과학 기술을 맡은 장관들이 모여서 당장 아이들에게 대신 놀아 줄 로봇 동무를 하나씩 만들어 주도록 하세요. 그리고 이거 명심하세요. 로봇 동무에게 놀이를 시키지 않고 자기가 직접 노는 아이가 있으면 문제아로 규정하고 큰 벌을 주도록 하는 법도 새로 만드시오."

세상에! 제정신을 가진 사람들이 아닙니다. 그래서 어떻게 되었느냐고요? 어떻게 되긴 뭐가 어떻게 되었겠어요. 아이들은 놀지 못하고 로봇 동무가 대신 놀았지요. 아이들은 로봇 동무를 조정하기만 하면 되었고요.

로봇 동무가 어떤 놀이를 했는지 궁금하다고요? 그야 뻔하지요. 아이들이 직접 놀았다면 밥 먹는 것도 잊을 만큼 재미가 고소한 오징어 놀이도 하고, 십자 놀이도 하고, 제기도 차고, 연도 날리고, 고무줄도 하고, 말뚝박기도 하고, 비사치기도 하고, 공기놀이도 하고…… 아이고 숨차라. 어쨌든 뭐 그런 놀이를 했겠지요. 그렇지만 기계인 로봇 동무가 어떤 놀이를 했겠어요. 그 역시 뻔합니다. 치고 박고, 미사일을 쏘고, 레이저 총으로 공격하고, 핵무기로 적을 한꺼번에 박살 내고 뭐 그런 놀이가 아니었겠어요.

그래서 나중에 어떻게 되었느냐고요? 그야 또 뻔하지요. 쫄딱 망하고 말았겠지요? 그런 나라가 망하지 않는다면 그게 이상한 일이지요. 그래서 그런 이상하고도 이상한 나라는 이제 어디에도 없습니다.

그런데 걱정이 아주 조금 되기는 합니다. 혹시 그 이상한 나라에 살던 사람이 우리나라로 도망쳐 와서 버럭선생님 같은 일을 살금살금 시작하면 어쩌나 하고요. 절대 그럴 리가 없다고요? 그래요, 나도 그러기를 바라고 또 바란답니다.

 # 우승기를 양보합니다

생글초등학교 봄 운동회 날입니다. 옥상 높은 곳에는 커다란 광고풍선이 '생글초등학교 한마음 운동회' 라는 큰 글씨를 달고 이리저리 일렁거립니다.

5월 1일 노동절이라서 그런지 학교에 잘 오지 않던 아버지들도 눈에 많이 띕니다. 하기야 토요일인데도 운동회를 하기로 한 까닭이 바로 그겁니다. 아버지들까지 많이 참여해야만 가족 단위 잔치가 되고 마을 전체의 잔치가 되니까 말입니다.

"3학년 달리기부터 시작되겠습니다."

어린이 진행자의 방송이 나가자 3학년 학부모들이 출발선에서부터 끝나는 데까지 죽 늘어섰습니다. 부모님들의 가장 큰 관심은 역시 우리 아이 달리기 등수입니다.

"다음은 1학년 120명 어린이들의 깜찍한 무용이 있겠습니다."

1학년 아이들의 무용은 정말 깜찍했습니다. 여자아이들은 빨간 티셔츠를 입고, 남자아이들은 하얀 티셔츠를 입었습니다. 그리고 양손에는 알록달록 종이꽃을 들었습니다.

음악이 나오자 아이들이 팔짝팔짝 뛰었습니다. 개구리 노래에 맞춰 정말 개구리처럼 잘도 뛰었습니다. 너무나 귀여워서 사람들이 손뼉을 치면서 노래를 따라 했습니다. 운동장 가에서 구경하던 사람도, 스탠드에 앉아 있던 사람도, 본부석에서 지켜보던 사람도 모두가 입을 모아 합창을 했습니다. 학교 안은 지휘자 없는 거대한 합창 공연장이 되었습니다. 1학년 학부모들은 아이들 사이를 다니면서 사진 찍느라고 야단입니다.

6학년들의 부채춤도 1학년 무용만큼 볼거리가 되었습니다. 노인 공몰기 경기도 있었고, 졸업생들을 위한 달리기도 있었습니다. 점심시간을 알리는 바구니 터

뜨리기는 아이들이 기다리는 최고의 종목입니다.

"오늘의 마지막 경기인 학급별 이어달리기가 있겠습니다. 모두들 힘차게 자기 반을 응원해 주기 바랍니다."

생글초등학교는 여느 학교처럼 청백 달리기를 하지 않고 학급별 달리기를 합니다. 1학년부터 6학년까지 똑같이 4반까지 있어서 학급별 이어달리기를 하기에 아주 적당합니다.

"지금 학급 점수를 보면 1반이 670점, 2반이 620점, 3반이 620점, 4반이 660점입니다. 최고 200점이 걸린 학급 경기니만큼 어느 학급이라도 우승을 할 수 있습니다."

아이들은 응원을 시작했습니다.

"1반 이겨라!"

"2반 잘한다!"

"3반 왕이다!"

"4반 최고다!"

운동장은 온통 자기 반 숫자를 내세우며 목이 터져라 외쳐 대는 응원 소리로 가득했습니다. 구경하는 학부모들도 아이들 학급에 맞춰서 함께 응원을 합니다.

"2반 이겨라!"

아버지가 5학년 2반 누나 응원을 합니다.

"4반 이겨라!"

어머니는 2학년 4반 동생 응원을 합니다.

"2반 이겨라, 4반도 이겨라!"

이번에는 누나와 동생을 함께 응원합니다.

"3반도 이겨라!"

이번에는 어머니가 이렇게 응원을 했습니다.

"엥, 3반은 왜?"

아버지가 생뚱맞다는 듯이 어머니를 쳐다봅니다.

"민이는 3반이잖아."

어머니는 조카 민이를 생각했던 겁니다.

"1반 이겨라!"

이번에는 아버지가 생뚱맞게 1반 응원을 했습니다.

"1반은 왜?"

"앞집 은정이가 2학년 1반이잖아."

"그러네, 호호호!"

어머니가 손뼉을 멈추지 않고 이렇게 웃었습니다.

"1반도 이기고, 2반도 이기고, 3반도 이기고, 4반도 이겨라!"

응원이 아니라 장난입니다.

앞서거니 뒤서거니 아이들 애간장을 다 태우면서 6학년까지 이어졌습니다. 6학년 여자아이들에 이어서 남자아이들이 달리면 끝납니다.

가장 앞에 2반이 달리고 있습니다. 1반과 3반은 2반 뒤에 바짝 붙었습니다. 2반, 1반, 3반이 거의 붙어서 달립니다. 4반은 반 바퀴가량 처졌습니다. 배턴을 두 번이나 놓치는 바람에 그렇게 되었습니다.

그때였습니다. 똑바른 코스를 지나 1번 굽은 코스로 접어들려는 순간 2반 지민이와 1반 아름이가 부딪치고 말았습니다.

"어어, 저걸 어쩌나!"

구경하던 사람들 입에서 동시에 터져 나온 소리입니다.

2반 지민이가 넘어졌습니다. 1반 아름이는 비틀비틀하다가 다행히 넘어지지는 않았습니다. 바로 뒤에 오던 3반 채은이 역시 삐끗하기는 했지만 넘어지지는 않았습니다.

1, 2, 3등이 완전히 바뀌는 순간입니다. 그러나 아름이는 비틀거리던 걸음을 바로 하고 곧바로 달리려다가 멈칫 멈췄습니다. 넘어진 지민이를 피해 곧장 달리던 채은이도 넘어진 지민이를 바라보며 멈칫멈칫했습니다. 넘어진 지민이를 놔두고 차마 달리지 못하는지 일어서기를 기다리는 듯했습니다.

응원하던 모든 눈이 그곳으로 모였습니다. 응원 소리로 떠나갈 듯하던 운동장이 조용해졌습니다. 잠시 정적이 흘렀습니다. 숨소리도 멎은 듯했습니다.

2반 지민이가 벌떡 일어났습니다.

"짝짝짝!"

"와!"

여기저기서 손뼉을 쳤습니다.

2반 지민이가 달렸습니다. 일어나기를 멈칫거리며 기다리던 1반 아름이도 달렸습니다. 3반 채은이도 다시 내달렸습니다. 4반이 바짝 가까워졌습니다. 순간에 이루어진 일입니다.

마지막인 6학년 남자들에게 배턴이 넘겨졌습니다. 생글초등학교에서 가장 빠르다는 6학년 2반 승원이가 1, 3, 4반을 멀찌감치 따돌리고 1등으로 들어왔습니다. 3반이 2등, 1반이 3등, 4반이 4등을 했습니다.

최종 점수가 발표되었습니다.

1등은 820점으로 2반이, 1반과 3반이 770점으로 공동 2등을 하고, 4반이 710점으로 꼴찌를 차지했습니다.

"오늘 1등을 한 2반에게 우승기를 전달하겠습니다. 2반 대표선수 2명 앞으로 나오세요."

6학년 2반 선수인 지민이와 승원이가 앞으로 나와 교장 선생님에게서 우승기를 받았습니다. 그런데 지민이가 자꾸만 울고 있었습니다.

"자, 우승기를 힘껏 흔들어 보세요."

교장 선생님이 훌쩍거리는 지민이의 등을 토닥여 주면서 이렇게 말했습니다.

"교장 선생님, 흐흐흑 저 마이크로 한마디 하고 싶어요. 흐흐흑!"

지민이가 울음 섞인 소리로 교장 선생님을 쳐다보면서 말했습니다.

"그렇게 하세요. 우승 소감이라도 좋습니다."

"저, 흐흐흑, 저는 우승기를 흐흐흑……."

마이크를 받아 든 지민이가 무슨 말을 하려고 하다가 울기부터 했습니다. 그래서 무슨 말인지 도무지 알아들을 수가 없었습니다.

폐회식을 하느라 조금은 웅성웅성하던 운동장이 조용해졌습니다.

훌쩍이던 지민이가 침을 한 번 꿀꺽 삼키더니 작심한 듯 다시 마이크를 들었습니다.

"제가 넘어져 있을 때 기다려 준, 아름이네 1반과 채은이네 3반에게 이 우승기를 주고 싶습니다. 그래도 되겠습니까? 흐흐흐흑!"

또박또박 말을 마치고는 울음을 참지 못하고 소리 내어 울고 말았습니다.

교장 선생님이 주머니에서 얼른 수건을 꺼내 지민이 눈물을 닦아 주었습니다. 그러고는 그 수건으로 교장 선생님도 눈물을 닦았습니다. 교장 선생님이 하늘을 쳐다보았습니다. 눈물을 보이지 않기 위해서입니다. 운동장에 줄을 맞춰 서 있던 저학년 아이들도 교장 선생님을 따라서 무엇이 있나 하고 하늘을 쳐다보았습니다.

"지민이 말을 다시 한번 내가 전하겠습니다. 지민이가 넘어졌을 때 1반 아름이와 2반 채은이가 기다려 줘서 1등이 되었으니까 이 우승기를 양보하고 싶은데 그래도 되겠는지 2반 모두에게 물어본 것입니다. 2반 여러분! 그렇게 해도 되겠습니까?"

"예!"

학교가 떠나갈 듯한 우렁찬 목소리였습니다. 아이들만 대답한 게 아니라 학부모들도 함께 입을 모아 대답한 우렁찬 합창이었습니다.

"1반과 3반 학급 달리기 대표 나오세요."

1반, 3반 대표가 나와 지민이와 승원이에게서 우승기를 받아 휘휘 높이 흔들었습니다.

"고맙습니다! 정정당당하게 질서를 잘 지키는 것을 넘어 상대편을 배려하고 양보하는 멋진 모습 정말 고맙습니다."

교장 선생님의 그 말에는 감격에 찬 울음이 섞여 있었습니다.

"짝짝짝!"

여기저기서 손뼉 소리가 울려 퍼졌습니다.

"만세! 만세! 생글초등학교 만세!"

누구부터 시작했는지 여기저기서 만세 소리가 들렸습니다. 아이들도 하나둘 만세를 부르기 시작했습니다. 생글초등학교 안은 만세 소리로 출렁이었습니다.

그렇게 운동회는 끝났습니다.

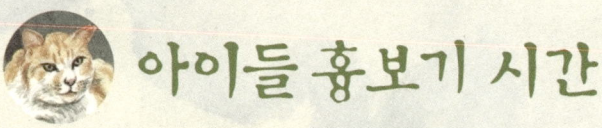 아이들 흉보기 시간

커다란 도시 끝자락에 조그만 초등학교가 있습니다. 작다고는 하지만 사실은

그다지 작은 것은 아닙니다. 학생수가 500명에서 앞뒤로 왔다 갔다 하니까요.

근처에 있는 다른 학교에 견주어 학생 수도 적고

학교 건물도 작다는 겁니다.

　학교 이름은 노을초등학교입니다. 모두들 이름이 참 곱다고들 하지요. 학교 안에 있는 각가지 이름들도 다 곱고 예쁩니다. 길쭉한 운동장 동편 끝에는 작고 예쁜 동산이 하나 있는데, '바람소리 동산'입니다. 학예회 같은 큰 행사 때 쓰는 커다란 교실 이름도 '어깨동무 교실'입니다. 그 밖에도 '달빛샘 도서관', '동아리방', '이야기 듣기 교실', '도움방', '열린방', '나눔방', '와글와글 짝짝'…….

하나같이 예쁜 우리말 이름입니다. '도움방' 이 어디냐 하면 교장실입니다. '와글 와글 짝짝' 은 학부모실입니다. 언제든지 학부모들이 와글와글 모여서 학교와 함께할 일들을 의논한다고 그렇게 붙였다고 합니다. '짝짝' 은 무슨 뜻으로 붙였을까요? 의논을 잘해서 짝짝 손뼉을 치자는 뜻인지 모르겠네요.

수요일 오후입니다. 노을초등학교에서 수요일은 전교생이 오전 공부만 합니다. 오후 수업이 없으니 아이들은 모두가 운동장으로 달려 나갑니다. 운동장 가운데는 여기저기 놀이터가 금방 만들어집니다. 오징어 놀이장도 생기고 사다리 모양도 그려집니다. 그늘나무 밑에는 엉덩이를 땅에 붙이고 공기놀이를 하는 아이들도 보입니다. 운동장 가 모래 더미에는 두꺼비집을 짓고 노는 1학년도 보입니다. 시끌벅적, 그야말로 놀이 천지입니다.

그 시간 선생님들은 나눔방에 다 모였습니다. 왜 모였느냐고요? 아이들 흉을 보려고 모였답니다. 노을초등학교는 일주일에 한 번씩 선생님들이 나눔방에 모여서 아이들 흉을 마구 해 댑니다. 오후 수업이 없는 수요일 오후가 그 시간입니다. 1학년에서 6학년 담임 선생님은 물론 교감 선생님과 교장 선생님도 모입니다.

"다 모인 듯하네요. 그럼 지금부터 아이들 흉보기를 시작하겠습니다. 시간은 제한은 없습니다. 얼마든지 흉을 많이 보고 길게 봐도 괜찮습니다."

이번 주 사회를 맡은 강꺼벙이 선생님이 둘레를 둘러보면서 이렇게 말했습니다.

"제가 먼저 시작하겠습니다."

1학년 1반 김노래하는독서남매상 선생님이 먼저 입을 열었습니다. 김노래하는독서남매상 선생님은 노을초등학교에서 별명이 가장 긴 선생님입니다. 1학년 교실 앞에 있는 독서남매상 앞에서 노래 부르는 것을 몇 번 본 6학년 아이들이 지은 별명입니다.

"며칠 전 슬기로운 생활 시간이었습니다. 우리 반 기홍이가 '7+4=11'을 도저히 이해 못 해서 점심시간에 남겨 별도로 지도를 했습니다."

"아, 3학년 진홍이 동생 말이네요. 우리 반 진홍이도 수학은 영 먹통입니다."

3학년 선생님이 그 아이를 안다는 듯이 잠시 끼어들었습니다.

"맞아요, 그 아이예요. 내가 차근차근 가르쳐 줬지요. 4에서 세 개를 떼서 7을 주면 7은 10이 되고 1이 남으니까 11이 된다고 바둑알을 옮겨 가면서 설명을 해 줬어요. 그랬더니 기홍이가 뭐라는 줄 아세요? 기가 막혀서 넘어갈 뻔했다니까요."

김노래하는독서남매상 선생님이 잠깐 말을 끊고 숨을 골랐습니다. 선생님들은 모두 다음 이야기가 몹시 궁금한지 김노래하는독서남매상 선생님을 재촉하듯이 바라보았습니다.

" '선생님, 더 부자인 7이 4에게 빌려 줘야지 왜 반대로 가난한 4가 7에게 3을 주나요? 그러니까 가난한 4가 1밖에 안 남잖아요. 저는 그런 짓은 안 할래요.' 이러는 게 아니겠어요."

"뭣이? 호호호호!"

"이야, 정말 그러네. 천재다 천재! 하하하하!"

"기홍이 정말 멋진 놈이네. 그 번득이는 창의성, 정말 놀라워. 히히히히!"

김노래하는독서남매상 선생님이 기홍이 흉을 끝내자 모두들 칭찬인지 핀잔인지를 한마디씩 하면서 웃어 재꼈습니다.

"수학과 도덕을 분간 못 하는 그놈을 도대체 어떡하지?"

이렇게 구시렁대면서 김노래하는독서남매상 선생님도 빙그레 웃었습니다.

"김노래하는독서남매상 선생님은 흉이 아니라 자랑이네요. 저는 진짜 흉을 하나 하겠습니다."

4학년 박뺑 선생님이 이야기를 이어받았습니다. 박뺑 선생님은 노을초등학교에서 별명이 가장 짧은 선생님입니다. 우스운 이야기를 해 놓고 '뺑이야!' 이러기를 잘한다고 지은 별명입니다.

　"수업 중에 애완동물 이야기가 나와서 우리 학교 체육 창고에 살고 있는 도둑고양이 이야기로 이어졌습니다. 거기에 고양이 세 식구가 살고 있잖아요. 나는 이때다 싶어서 그놈들을 학교에서 내쫓아야 한다고 주장했지요."

　"맞아요, 내쫓든지 해야 됩니다. 아이들이 그 고양이를 안고 다니고 하는데 그러지 못하게 해야 합니다. 도둑고양이라서 불결합니다. 아이들에게 병이라도 옮기면 어떡해요. 예방 주사를 맞힌 것도 아니고요."

　2학년 배동굴이 선생님이 기회다 싶었던지 평소 생각했던 이야기를 마구 쏟아 냈습니다.

　"배동굴이 선생님도 그렇게 생각하지요? 나도 그런 말을 했지요. 그랬더니 우리 반 다연이가 뭐라는 줄 아세요? 왜 그 예쁜 고양이를 도둑고양이라고 하느냐는 겁니다. 남의 물건이나 음식을 훔치는 걸 봤느냐고 따지는 게 아니겠어요. 선생님이 먹을 것을 한 번 줘 봤느냐, 놀아 주기라도 했느냐, 왜 집 없는 불쌍한 고양이를 못 잡아먹어 안달이냐는 겁니다."

　박뺑 선생님은 단단히 화가 난 것처럼 일그러진 표정을 지었습니다.

　"기가 막혔습니다. 버릇없게 대드는 게 워낙 괘씸해서 야단치려고 다연이를 일으켜 세웠지요. 그런데 가만히 보니 다연이가 눈물을 펑펑 흘리는 게 아니겠어요? 정말로 고양이를 어찌할까 봐 겁먹은 표정이었습니다. 진심이 엿보이더라고요. 순간 괘씸하다는 마음이 사라지고 이상하게도 미안하다는 생각이 들데요. 그래서 달래듯이 말했지요. 죽이자는 게 아니라 동물 보호 협회라든가 그런 단체에 알려서 잡아가게 하면 좋겠다고 말입니다. 그랬더니 이번에는 내 말을 조용히 듣고 있던 방지민이가 눈물을 뚝뚝 흘리는 게 아니겠어요?"

"왜요?"

배동굴이 선생님이 끼어들었습니다.

"왠지 아세요? 동물 보호 협회에 잡혀가면 죽고 만다면서요. 안락사를 시킬 거라고요. 지민이 말을 듣고 다른 아이들도 고개를 끄덕이며 확인해 주었어요. 두 놈이 마구 물어 대니 참으로 난감하데요. 내가 갑자기 동물을 잡아 죽이는 저승사자

이고 저들은 천사가 되어 버린 겁니다. 정말 기가 막혔어요."

"맞네요, 그 아이들 천사표 맞잖아요."

"그런데 문제는 문제네요. 그 고양이를 좋아해서 먹을 것을 갖다 주기도 하고, 안고 다니기도 하는 아이들이 많아요. 다연이는 아예 체육 창고 옆 등나무 밑에 살다시피 합니다. 지난 방학 때도 날마다 먹이를 갖고 와서 놀곤 했어요. 이번 주에는 그 문제를 집중해서 의논하면 좋겠습니다."

'세종대왕친구' 라는 별명을 가진 교감 선생님이 걱정된다는 듯이 두 손을 맞잡아 조물락거리면서 말했습니다.

"잠깐만요. 도둑고양이 문제를 집중 의논하기 전에 나도 흉볼 게 하나 있습니다."

빛나리 교장 선생님이 아이들 흉을 보겠다면서 나섰습니다. 이는 좀처럼 없는 일입니다. 왜냐하면 교장 선생님은 입만 열면 아이들 칭찬을 하니까요. 칭찬을 너무 많이 하기 때문에 학교에 고쳐야 할 문제점이 발견되지 않는다고 생긴 게 이 '아이들 흉보기 시간' 입니다.

"지난 화요일 임시 아침 방송 시간에 내가 훈화를 했잖아요. 우리 학교 등굣길 안전을 도와주는 경찰관 아저씨들이 우리 어린이들을 많이 칭찬하더라는 이야기를 짧게 했잖아요. 그것 때문에 오늘 3학년 태지영란 놈이 도움방에 항의하러 찾아왔습니다. 와서 뭐라는 줄 아세요? '교장 선생님이 들려주시는 훈화가 좋긴 합니다. 그렇지만 아침 독서 시간에는 책을 읽어야 하니까 아무리 좋은 훈화도 그 시간에는 하지 않으면 좋겠습니다.' 요러는 게 아니겠어요. 아주 맹랑한 놈이잖아요. 난 뜨끔했습니다."

"하하하하, 흐흐흐흐, 낄낄낄낄, 호호호호, 히히히히, 큭큭큭큭!"

가지가지 웃음소리가 나눔방을 가득 메웠습니다. 6학년 김주변머리 선생님은 손바닥으로 책상을 치면서 마구 웃어 댔습니다.

"아니, 남은 맹랑한 공격을 받아서 화가 났다는데 선생님들은 뭐가 좋다고 그렇게 마구 웃어 댑니까? 3학년 아이 혼자 와서 항의를 했으니 망정이지 떼로 몰려와서 항의했다면 춤이라도 추겠네요."

교장 선생님이 짐짓 화내는 척했지만 지금 지영이를 칭찬하려 한다는 걸 선생님들은 다 알고 있습니다.

"그래서 어떻게 하셨나요?"

2학년 차멀미 선생님이 재미있다는 듯이 뒷이야기를 재촉했습니다.

"어쩌겠어요? 사과를 했지요. 말이 예쁘잖아요. 무조건 잘못되었다고 하지 않고 일단 내 훈화가 좋기는 하다는 전제를 깔았잖아요."

그 말에 나눔방은 또 웃음바다가 되었습니다.

"참 사과하기 전에 변명부터 했어요. 훈화가 계획된 월요일 오전에 출장이 있어서 그 뒷날 하게 되었다고. 또 교무부장이 상장을 주기 위해 임시 아침 방송을 열어야 한다기에 이왕 아침 방송을 하는 마당에 전날 못한 훈화를 했다는 말을 해 줬지요. 교무부장 핑계를 대어 미안합니다."

"하하하하, 호호호호!"

도움방은 다시 잠시 웃음이 출렁거렸습니다.

"다음부터는 절대로 아침 독서 시간을 방해하지 않겠다고 했습니다. 그러고 교장이 먼저 약속을 잘 지키겠다고도 했어요. 다음 방송 시간에 전교생에게 사과 방송을 하고 학교 누리집에도 올리기로 했습니다."

"와아!"

선생님들이 소리 지르며 손뼉을 쳤습니다.

"내 그럴 줄 알았습니다. 흉이 아니라 칭찬하실 거라는 것을."

5학년 정대장금 선생님이 입을 삐죽 내밀면서 말했습니다.

"어허, 태지영이란 놈 맹랑하다는 흉을 봤잖아요. 그게 어디 칭찬입니까? 그러고 어디 나만 그랬나요? 1학년 김노래하는독서남매상 선생님이 하신 기홍이 이야기, 4학년 박뺑 선생님이 하신 다연이 이야기가 다 칭찬이네요. 안 그래요?"

아이들 흉보기에 몇 선생님이 더 나섰습니다.

"그럼 2부를 시작하겠습니다. 오늘 아이들 흉은 이만큼만 하고 아까 나온 도둑고양이 처리 문제에 대해 깊이 있게 이야기 나누도록 하겠습니다."

강꺼꾸리 선생님이 일어서서 이렇게 말하고 자리에 앉았습니다.

"아이들 건강과 안전이 가장 중요합니다. 몇몇 아이들 사정만 볼 게 아니라 전교생을 생각해야 합니다."

"그렇게만 생각할 게 아닙니다. 학교 안에서 하는 모든 것은 교육입니다. 하찮은 동물, 그것도 버림받은 동물에게 애정을 쏟는 것은 아름답습니다. 그걸 강제로 떼어 놓는다면 그 아이들 아픈 마음은 클 겁니다. 아까 박뺑 선생님이 증언해 주셨잖아요. 아이들이 마구 눈물을 줄줄 흘리더라고."

"동물을 사랑하는 마음을 인정해 주고 아껴 주는 방향으로 해결되어야 합니다."

"동물 사랑보다 아이들 사랑하는 마음이 앞서야 합니다."

의견이 팽팽했습니다. 숫자도 거의 반반으로 갈렸습니다.

" '동물을 사랑하는 마음을 인정해 주자.', '아이들에게 피해가 가지 않도록 하자.' 결국 이 두 가지네요. 다 옳은 말입니다. 두 가지를 다 만족시켜 줄 방법이 없을까요? 그런데 오늘은 시간이 너무 많이 갔습니다. 다음 수요일 흉보기 시간까지 좋은 방안을 생각해 오도록 하는 게 어떨까요?"

빛나리 교장 선생님이 나눔방 기둥에 걸린 시계를 올려다보면서 말했습니다.

"그렇게 하겠습니다. 지난번 흉보기 시간에는 축구 골대 설치에 대해서 좋은 결론이 나왔는데, 이번에는 숙제로 남겨 놓게 되었네요. 그럼 이것으로 오늘 아이들 흉보기 시간을 모두 마치겠습니다. 다음 시간에는 더 많은 흉을 가지고 오시기 바랍니다. 수고했습니다."

강꺼꾸리 선생님이 큰 소리로 회의를 마치는 말을 했습니다.

"와아! 와아!"

운동장에서 들려오는 소리들입니다. 아이들은 선생님들이 저희들의 흉보기를 했는지 전혀 모르는 채 사회나 심판도 없는 놀이에 정신이 없습니다.

"어어?"

　　교실로 발걸음을 옮기던 선생님 몇몇이 복도에 걸려 있
는 '내 목소리' 칠판 앞에 뚝 멈춰 섰습니다. 그러고는 비
뚤비뚤하게 씌어 있는 글을 읽기 시작했습니다.

　'교장 선생님, 학교에 동물 사육장을 만들어 주세요.
　4학년 장지윤'

　　그 글 곁에 작은 글씨로 누군가 이름도 밝히지 않고 이렇
게 더 달아 놓았습니다.

　'맞아요, 그 사육장에 고양이도 넣어 주세요.'

그로부터 몇 주일 뒤 노을초등학교 뒤뜰에는 아담하고 예쁜 사육장이 하나 생겼습니다. 그리고 노을초등학교 아이들 흉보기는 한 주도 빠지지 않고 이어지고 있었고요.

그런데 나중에 안 일인데, 선생님들이 아이들을 흉보는 그 시간에 아이들은 '바람소리 동산'에서 선생님 흉보기를 했다나 어쨌다나요.

'우리 선생님은 키꺽다리야.'

'우리 선생님은 아이들에게도 지고 마는 바보야.'

'우리 선생님은 공주병이야.'

'우리 선생님은 웃겨. 우리가 결혼할 때 꼭 오겠대.'

'우리 선생님은 한심하다니까. 교실은 자기의 모든 것을 바치는 곳이래.'

이러한 흉들을 말입니다.

# 맞장구 할아버지

"맞장구 할아버지, 현장 학습 갔다 와서 이야기 많이 해 드릴게요."

김밥 가방을 둘러메고 둥그레 놀이터를 지나다가 다시 돌아와서 민구가 이렇게 말했습니다.

"오냐, 오늘 현장 학습 가는 날이니?"

"예, 우리 3학년은 놀이동산에 가요."

"그래? 김밥은 싸 가지고 가겠지?"

"어제 아버지가 김밥 많이 사 가지고 왔어요. 먹고도 남을 거예요. 할아버지, 김밥 남겨 와서 줄게요."

"아서라, 난 김밥 싫어한다. 그러니 너나 많이 먹고 구경 많이 하고 오너라."

"치, 김밥 싫어하는 사람이 어디 있어?"

민구는 김밥이 싫다는 할아버지가 조금 못마땅해서 입을 삐죽하게 내밀면서 학교로 갔습니다.

민구 어머니는 갓 입학한 민구가 학교 갔다 올 때를 맞추어 늘 둥그레 놀이터로 마중을 나왔습니다.

둥그레 놀이터는 학교 바로 앞에 있는 놀이터입니다. 거기에는 느티나무, 은행나무, 벚나무 같은 나무도 많았고, 수수꽃다리, 철쭉, 박태기 같은 꽃나무도 많았습니다. 미끄럼틀, 그네, 늑목 같은 어린이 놀이 기구하며, 어른들이 하는 운동 기구도 있었습니다. 또 앉아서 쉬도록 긴 의자도 여러 개 만들어 놓았습니다.

민구는 여느 아이와 다르지 않았지만 민구 어머니는 아니었습니다. 한쪽 다리를 절뚝거렸고 얼굴에는 어딘가 모르게 그늘이 가득했습니다. 작은 키에 몸은 가냘프기 그지없었습니다.

"오늘은 학교에서 어떤 일이 있었나요?"

엄마에게로 달려오는 민구 손을 잡으면서 어머니는 늘 이렇게 말했습니다.

"엄마, 우리 선생님이 오늘 울었다."

민구 역시 교실 이야기로 어머니 인사에

답하곤 했습니다.

"뭣이?"

"선생님이 울다니?"

"왜?"

민구 어머니는 두 눈을 둥그렇게 떠서

놀란 모습으로 마구 물어 댔습니다.

"지예 있잖아? 그전에 엄마가 예쁘다고 한 아이 말이야."

"그래 알지. 지예가 왜?"

"그 지예가 오늘 선생님 참 예쁘다고 말했단 말이야."

"예쁘다고 그랬는데 왜 울어? 웃어야지."

"너무 좋아서 눈물이 난다고 선생님이 훌쩍훌쩍 우는 소리를 냈다니까."

"뭣이? 호호호!"

평소에는 힘이 하나도 없어 보이는 민구 어머니는 민구 이야기를 들을 때는 눈이 반짝반짝했습니다. 호호하고 웃음도 크게 웃고 그랬습니다. 어떨 때는 손뼉을 치면서 어린애처럼 좋아하기도 했습니다.

그 모습을 지켜보는 할아버지는 그게 신기했습니다. 금방이라도 쓰러질 것같이 병색이 짙은 사람이 어디서 저런 힘이 나오는지 알다가도 모를 일이었습니다.

봄이 지나고 여름이 왔을 때는 민구와 민구 어머니의 이야기가 더욱 길어졌습니다. 아예 둥그레 놀이터 긴 의자에 앉아서 오랜 시간 동안 이야기를 하고 갔습니다. 그런데 이야기를 주고받는다고 하지만 이야기는 주로 민구가 하고 민구 어머니는 들어 주는 쪽이었습니다. 그런데 그냥 듣는 게 아니라, '그랬어?', '저런!', '아하!', '뭣이라고?' 이런 말들을 마구 쏟아 놓으면서 들었습니다.

'그랬어?' 할 때는 두 눈을 둥그렇게 떴습니다.

'저런!' 할 때는 두 눈은 물론 입까지 쩍 벌렸습니다.

'저런! 저런!' 할 때도 있었는데, 그때는 손뼉까지 쳐 댔습니다.

'아하!' 할 때는 입을 벌리고 고개를 끄덕였고요.

'뭣이라고?' 할 때는 그 자리에서 벌떡 일어나기까지 했습니다.

이렇게 맞장구를 치면서 들으니까 민구 혼자 이야기하는 것 같지가 않았습니다.

할아버지는 민구 어머니와 민구가 이야기를 주고받는 게 너무 재미있다는 생각이 들었습니다.

"그래서 어떻게 되었니?"

민구가 교실에서 있었던 이야기를 할 때 할아버지가 자신도 모르게 맞장구를 치면서 끼어들었습니다.

"할아버지, 우리 민구 이야기 재미있지요?"

민구 어머니는 민구가 자랑스럽다는 듯이 눈망울을 반짝거리면서 할아버지를 자연스럽게 끼어 넣어 주었습니다.

"그럼 재미있고말고요. 나는 민구처럼 이야기를 잘하는 아이 처음 봤어요. 그리고 민구 어머니처럼 재미있게 듣는 사람도 처음 봤고요."

"민구가 재미있게 하니까 재미있게 듣지요."

민구 어머니는 연신 민구를 치켜세웠습니다.

그 뒤부터 둥그레 놀이터에서 민구 이야기를 듣는 사람은 두 사람이 되었습니다. 둥그레 놀이터에서 세 사람의 이야기는 민구가 2학년이 되어서도 계속 이어졌습니다.

작년, 그러니까 민구가 2학년이 된 여름 어느 날이었습니다. 민구 어머니와 할아버지가 둥그레 놀이터 긴 의자에 앉아서 민구를 기다리고 있었습니다. 민구가 여느 때보다 늦었습니다.

"민구가 맞장구 할아버지에게 이야기를 해 주는 것을 참 좋아해요. 맞장구 할아버지가 안 계시니까 굉장히 서운해하는 눈치였어요."

"맞장구 할아버지? 내가 맞장구 할아버지가 되었나?"

"민구가 할아버지 별명을 그렇게 지었어요."

"맞장구는 내가 잘 치는 게 아니라 민구 어머니가 잘 치잖소."

"민구는 자기 이야기를 맞장구치면서 들어 주는 걸 굉장히 좋아해요."

"그거야 민구뿐만 아니라 모든 사람이 다 그렇지. 자기 이야기를 맞장구치면

서 들어 주면 좋아하고말고."

"맞장구 할아버지가 가끔 해 주시는 어린 시절 이야기 듣기도 무척 좋아하고요."

"내야, 두 모자가 이야기하는 것을 엿들을 뿐인데."

"맞장구 할아버지, 부탁이 있어요."

"부탁이라니 무슨 부탁?"

"꼭 들어주셨으면 해요. 어려운 부탁이지만요."

민구 어머니는 쉽게 입을 열지 못하겠는지 먼 하늘로 눈길을 돌리면서 자꾸만 뜸을 들였습니다.

"뭔지는 모르겠지만……"

할아버지도 채근하지 않고 눈길을 학교 운동장 쪽으로 돌렸습니다.

"저어, 사실 제가 오랫동안 민구 이야기를 들어 줄 수 없게 되었어요."

"……"

"할머니가 계셔서 걱정이 덜 되지만 할머니는 귀가 어두워서 민구 이야기를 들어 줄 수가 없어요."

"새댁은, 무슨 병인지는 모르지만 왜 그렇게 약한 마음을 먹소?"

"아닙니다. 의사 선생님이 민구 때문에 오래 버티었대요. 기적이래요. 이젠 정말 얼마 남지 않았다는 걸 저는 알고 있어요."

"흠흠흠."

맞장구 할아버지는 마른기침을 몇 번 했습니다.

"그 부탁이야 들어줄 수 있소만 새댁이 힘내서 이겨 냈으면 좋겠소."

"고맙습니다, 정말 고맙습니다! 3학년 때까지만 아니 2학년이 끝날 때까지만이라도 들어 주시면 정말 고맙겠습니다."

민구 어머니 눈에 맺혔던 눈물이 볼을 타고 흘러내렸습니다.

"걱정 마시오. 민구가 이야기를 해 주는 한 언제까지 들어 줄 수 있다오."

맞장구 할아버지 눈가에도 이슬이 맺혔습니다.

"엄마!"

민구가 달려왔습니다.

"우리 민구, 오늘은 무슨 이야기를 해 줄래요?"

민구 어머니가 손등으로 눈물을 얼른 닦고 민구를 맞이했습니다. 민구 어머니의 눈망울이 다시 초롱초롱 빛났습니다.

'저 초롱초롱한 눈망울을 어떻게 감고 간단 말인고!'

맞장구 할아버지는 억장이 무너지는 것 같았습니다.

2학년 2학기가 시작된 9월부터 민구 어머니가 둥그레 놀이터에 나오지 않았습니다. 민구도 오지 않았습니다. 그러던 민구 어머니는 온몸으로 퍼져 만신창이가 된 대장암을 끝내 이기지 못하고 저세상으로 가고 말았습니다. 가을에 들어선 10월 초순이었습니다.

어머니가 돌아가신 지 한 달이 조금 넘어서 다시 민구가 둥그레 놀이터에 나타났습니다.

"우리 민구 오늘은 무슨 이야기를 해 줄래요?"

맞장구 할아버지는 민구 어머니처럼 물었습니다.

"할아버지, 오늘 우리 선생님이 빵구 난 양말을 신어서 교실이 웃음바다가 되었어요."

"저런, 그래서 어떻게 되었니?"

"선생님은 부끄러워서 어쩔 줄 몰라 했어요."

"정말 부끄러웠겠다."

"예, 얼굴이 빨개졌는걸요."

"그랬어?"

맞장구 할아버지는 어머니가 살아 계실 때처럼 종알종알 이야기를 해 주는 민구가 대견하기 그지없었습니다. 그래서 민구 어머니와 함께 이야기를 들어 줄 때보다 맞장구를 더 크게 치면서 이야기를 들었습니다. 고개도 목이 아플 정도로 *끄덕끄덕*했습니다.

그런데 맞장구 할아버지에게는 걱정거리 하나가 가슴을 크게 누르고 있었습니다. 미국에 살고 있는 손자한테 할머니와 함께 가기로 한 날이 하루하루 다가오고 있기 때문입니다.

"다음에 함께 가기로 하고 이번에는 당신 혼자서 갔다 오면 안 될까?"

조심스럽게 아주 조심스럽게 할머니 마음을 떠봤습니다.

"뭐라고요? 혼자 가라고요. 미국이 어디 이웃 마을길인가요?"

할머니 말이 맞습니다. 미국이 어디라고 혼자 갔다 오라니요. 할아버지는 어쩔 수 없이 사실을 털어놓을 수밖에 없었습니다.

"그러니까 남의 손자 이야기 들어 주자고 우리 손자한테 못 가겠다 이 말씀이네요. 손자도 손자 나름이지 어디 날마다 볼 수 있는 손자인가요?"

이 말도 할머니 말이 맞습니다. 언제 보고 못 본 손자인데요. 손자가 보고 싶어서 전화기에 대고 울기까지 했던 할아버지였습니다.

맞장구 할아버지는 가슴이 답답했습니다.

"우리 손자가 귀하고 중하지. 그렇지만 우리 현이는 에미가 있지만 민구는 에미 없는 불쌍한 아이잖소. 또 2학년이 끝날 때까지는 내가 곁에서 이야기를 들어주기로 그 에미와 약속까지 했으니……."

"마음대로 하시오. 유언을 들어주기로 한 당신이 잘못이지."

결국 미국 가는 길을 1년 뒤로 미루었습니다. 그렇게 보고 싶었던 손자를 1년 뒤에나 보게 되어서 서운했지만 어쩔 수 없었습니다. 미국 가기로 한 날, 할머니는 손자가 보고 싶다고 눈물을 보였습니다. 그러는 할머니를 나무랐지만 맞장구 할아버지도 사실 눈시울을 적셨습니다.

"맞장구 할아버지!"

현장 학습을 마친 민구가 손을 흔들면서 뛰어왔습니다.

"현장 학습 재미있었어?"

"재미있었어요. 근데 할아버지 거기에 귀신 집이 있었거든요. 그 귀신 집을 여자들이 굉장히 무서워해서 우리가 같이 들어갔어요. 그랬더니 여자들이 안 무서워했어요. 여자들은 다 겁쟁이들인 모양이에요."

"그랬어? 민구는 무섭지 않았어?"

"사실은 저도 조금은 무서웠어요."

"귀신이 나왔어?"

맞장구 할아버지가 무서워 못 견디겠다는 표정과 몸짓을 하면서 바짝 다가앉아 물었습니다.

"예, 하나도 아니고 많이 나왔어요. 얼굴이 하얀 귀신도 있고, 입에 피를 흘리는 귀신도 있고, 머리를 풀어 헤친 귀신도 있었어요."

"어이구, 저런! 무서웠겠다. 나는 이야기만 들어도 무섭네."

"에이, 할아버지는 겁쟁이!"

민구가 이야기를 하다 말고 얼른 가방을 열었습니다.

"맞장구 할아버지, 김밥 남겨 가지고 왔어요."

민구가 꺼낸 김밥은 달랑 두 개였습니다. 짓눌려서 엉망이 되어 있었습니다.

"어이구, 맛있다."

"할아버지는 김밥 싫어한다면서요!"

"그래, 두 개까지는 아주 맛있게 먹지만 많이는 싫어하지."

"그걸 알고 두 개를 남겨 왔잖아요. 할아버지 내 도사지요?"

"그래 도사다, 민구 도사. 도사님, 김밥 잘 먹었습니다."

맞장구 할아버지가 민구에게 꾸벅 인사를 하는 시늉을 했습니다.

"하하하하!"

"허허허허!"

민구와 맞장구 할아버지의 웃음이 박자를 맞추어 둥그레 놀이터를 울렸습니다.

학교에 온 페스탈로치

아직은 바람 끝이 제법 찹니다. 연수는 두 손을 주머니에 넣었습니다. 어제 깜빡 잊고 교실 사물함에 두고 온 털장갑이 생각났습니다.

"새 학년부터 까마귀 고기를 삶아 먹었나? 정신 바짝 차리세요, 우리 대감님!"

연수 어머니가 농담 반 꾸중 반으로 나무랐습니다.

"알겠습니다. 정신 바짝 차리고 학교 다녀오겠습니다!"

연수도 농담을 섞어 인사를 하고 집을 나섰습니다.

'저게 뭐지?'

횡단보도 앞 전봇대 밑에 무엇인가 널브러져 있는 게 보였습니다.

'어어?'

자세히 보니 깨진 도자기 조각들이었습니다. 누군가 도자기를 들고 가다가 전봇대에 부딪쳐서 박살이 난 모양입니다. 깨진 조각에는 그림과 글씨가 마치 퍼즐 조각처럼 그려져 있습니다. 가만히 들여다보니 그림은 재두루미나 홍학 같았습니다. 길쭉하게 깨진 도자기 조각에 있는 긴 다리로 봐서 그렇습니다. 소나무 그림도 있는 것 같았습니다. 글자도 군데군데 보였습니다. '강' 자도 보이고 '늘' 자도 보였습니다.

'이야, 재미있겠다.'

퍼즐 맞추기 놀이를 굉장히 좋아하는 연수는 그걸 주워서 퍼즐 놀이를 하고 싶었습니다.

연수는 둘레를 살펴봤습니다. 사금파리*를 담아 갈 게 뭐 없나 싶어서였습니다. 없었습니다. 연수는 주머니에 넣었던 손을 빼고 도자기 조각을 조심스럽게 주웠습니다. 얼마나 날카로운지 손이 자꾸만 오그라들었습니다. 누가 지나가다 볼까 싶어서 둘레를 슬금슬금 살폈습니다. 마치 도둑질이라도 하는 것처럼 말입니다. 이른 등굣길이라서 다행히 아무도 없었습니다. 어떤 아주머니가 지나갔

● 사금파리 : 사기그릇의 깨진 작은 조각.

습니다. 무엇을 떨어뜨려서 줍는 것처럼 연기를 했습니다. 아주머니는 눈치를 못 채고 그냥 지나갔습니다.

두 손 가득 사금파리를 들고서 조심조심 걸었습니다. 침처럼 뾰족한 면이 손바닥을 찔러서 온몸이 오싹했습니다. 둥그렇게 받쳐 든 손가락에 힘을 줄 수가 없었습니다.

"어어, 그게 뭐니?"

세상에 이럴 수가 있나요? 찰랑거리는 물그릇을 든 것처럼 조심스럽게 교문에 들어서는데, 교장 선생님이 하필 교문에 서 계시는 게 아니겠어요?

"어이구, 이런, 사금파리구나! 그게 어디에 있었어?"

당황한 연수가 머뭇거리고 있는데, 교장 선생님이 이렇게 물었습니다.

"횡단보도 건너면 전봇대가 있거든요. 그 전봇대 밑에 깨져 있었어요."

"그랬어? 세상에!"

교장 선생님 눈이 조금 전보다 더 커졌습니다. 너무 놀랐는지 입도 벌어졌습니다. 얼굴은 놀란 모습인지 기뻐하는 모습인지 조금 분간하기 힘들었습니다.

"세상에, 어찌 이런 장한 일이 우리 학교에서? 세상에, 정말 세상에!"

교장 선생님은 '세상에'를 자꾸 되뇌었습니다.

"몇 학년 몇 반, 이름은?"

"3학년 2반 김연수입니다."

"3학년 2반 김연수. 그래 아주 장하다, 장해! 세상에!"

교장 선생님이 연수 손을 잡고 연신 감탄을 했습니다.

"혹 다른 아이들이 만지다가 다칠까 봐 그렇게 주워 왔구나! 잘못하다가는 자신이 다칠 수도 있는데도 그걸 겁내지 않고 말이야."

"그, 그, 그게 아니고, 그림 맞춰……."

"그렇지, 아이들이 위험한 것도 모르고 그림 맞춰 보려고 만지다가 다칠 수도 있고말고. 그런 생각까지 다 했구나! 정말 장하다."

교장 선생님은 연수 말을 가로막으면서 연신 칭찬을 늘어놓았습니다.

"이 사금파리가 재활용이 되는지 아니면 잡쓰레기인지 몰라서 교문에서 머뭇거렸구나! 그렇지? 유리가 아니라서 재활용되는 것인지 헷갈렸겠지. 자주 대해보는 쓰레기가 아니라서 말이다. 내 생각으로는 잡쓰레기로 처리해야 되지 싶다."

교장 선생님은 연수의 속마음까지 지레짐작하여 칭찬을 했습니다.

선생님들, 안녕하세요?

오늘 아침에는 정말 대단한 일이 우리 학교에서 벌어졌습니다.

페스탈로치 잘 아시지요?

200여 년 전에 스위스에서 활동한 교육의 아버지

아이들이 다칠까 봐 길바닥에 떨어진 유리 조각을 주웠다는 사람

그 페스탈로치보다 더 대단한 일을 한 아이가 우리 교육 공동체 안에 있습니다.

3-2반 김연수

학교 오는 길에 도자기가 깨진 것을 보고

다른 아이들이 호기심으로 만지다가 다칠까 걱정이 되어서

차디찬 그 조각들을 맨손으로 하나하나 주워 왔습니다.

날카롭기 그지없는 그 조각들을 두 손 가득 들고 왔습니다.

정말 놀라운 일 아닙니까?

우리 교육 공동체가 김연수 같은 아이를 품고 있다는 것은

우리 교육 공동체 안에 또 다른 김연수가 많다는 사실입니다.

정말 신이 납니다.

선생 노릇 하는 것이 너무 자랑스러운 아침입니다.

오늘 아침에는 연수 이야기로 하루를 기분 좋게 시작해 보세요.

2009. 3. 17.   교장 변 정 석

3-2반 정선생님

김연수를 교장실로 보내 주세요.

얼굴 한 번 더 보고 싶습니다.

아닙니다, 두세요. 제가 교실로 가서 보겠습니다.

교장 선생님이 사금파리를 잡쓰레기통에 치우고는 곧바로 교장실로 가서 컴퓨터를 켜고 각 교실로 보낸 글입니다.

연수의 사금파리 이야기는 금방 학교 안에 쫙 퍼졌습니다. 어떤 교실에서는 교장 선생님이 보낸 글을 확대해서 모니터에 그대로 띄워 아이들과 함께 읽기도 했습니다.

"페스탈로치보다 더 위~대한 김연수님!"

"어이 김연수, 손 찔릴까 봐 겁나지 않았어?"

"어째 그런 생각까지 다 했지?"

"연수를 다시 봐야겠는걸."

연수는 난처했습니다. 지금 와서 퍼즐 맞추기 놀이를 하려고 주워 왔다고 할 수도 없는 노릇입니다. 그 말은 아까 교장 선생님이 칭찬을 늘어놓을 때 했어야

했습니다. 이젠 어쩔 수 없었습니다. 엎질러진 물입니다.

연수의 이런 사정과는 아랑곳없이 연수는 교실에서 영웅이 되었습니다. 교실에서뿐만 아니라 학교 안에서 위대한 영웅이 되었습니다.

"김연수, 장한 얼굴 다시 한번 보자."

교장 선생님이 기어코 교실까지 다시 왔습니다.

"연수의 부모님이 보고 싶구나. 이렇게 반듯하게 키운 부모님을 말이야. 시간 있을 때 언제 한번 오시라고 말씀드려. 정말 보고 싶어서 그러니 말이다."

"예? 부모님을요?"

연수는 가슴이 '쿵' 하고 내려앉았습니다.

"그래, 바쁘겠지. 그러니 내일 당장이 아니라 언제라도 시간 날 때 오시면 돼. 장한 어린이상을 부모님 앞에서 주고 싶거든."

"상을요?"

연수는 또 깜짝 놀랐습니다. 일이 이렇게 커져 버릴 줄 정말 몰랐습니다.

"그럼 상을 줘야지. 이렇게 훌륭한 어린이에게 상을 주지 않으면 누구에게 주겠니?"

교장 선생님은 연수의 두 손을 잡고 그윽하게 바라보다가 교장실로 갔습니다.

학교를 마치고 집으로 돌아가는 연수의 마음은 참으로 아리송하기만 했습니다. '장한 어린이상'은 학교에 들어와서는 처음 타 보는 상입니다. 어찌 되었건 상을 탄다는 것은 기쁜 일입니다. 그렇지만 걱정이 가슴 가득했습니다.

아침에 도자기 조각을 주웠던 전봇대가 보였습니다.

'저놈의 전봇대를 그냥!'

전봇대가 일을 이렇게 만들었다는 생각이 들어서 한 대 차 주고 싶었습니다.

'어어, 유리병이 깨져 있네.'

죄 없는 전봇대를 발로 차려고 하는 순간 연수의 눈에 깨진 유리병이 보였습니다.

'그래, 그러면 되겠다. 역시 나는 천재라니까.'

연수는 깨진 유리병 조각을 줍기 시작했습니다. 검은 비닐봉지를 주워서 조심스럽게 하나하나 담았습니다. 주우면서 보니 그냥 두면 정말 아이들이 다칠지도 모르겠다는 생각이 들었습니다. 그래서 작은 조각까지 남김없이 다 찾아 담았습니다. 유리 조각이 비닐을 뚫고 삐죽삐죽 날카로운 모서리를 드러냈지만 겁나지 않았습니다. 발걸음이 가벼웠습니다.

'나도 페스탈로치 할아버지처럼 유리 조각을 주웠다. 아이들이 다칠까 봐 주

웠다.'

크게 외치고 싶었습니다. 콧노래가 나오고 휘파람도 절로 나왔습니다.

"아니, 그게 뭐니?"

비닐봉지를 뚫고 튀어나온 유리 조각을 본 연수 어머니가 깜짝 놀라며 이렇게 물었습니다.

"횡단보도 전봇대 있잖아. 거기에 이 병이 깨져 있었어요."

"그런데 그걸 왜 주워 왔느냐 말이다. 위험하게."

"위험하니까 주웠지요. 다른 아이들이 다칠까 봐 주워 왔다니까."

"뭣이? 다른 아이가 다칠까 봐?"

연수 어머니는 입을 다물지 못하고 헤 벌린 채 연수를 내려다봤습니다.

"엄마, 교장 선생님이 아들 잘 키웠다고 학교에 한번 오래요. 거기서 장한 어린이상도 준다고 했어요."

"뭣이? 장한 어린이상? 교장 선생님이 어떻게 아시고?"

"학교에 갈 때도 거기서 깨진 도자기 조각을 주워 갔거든요."

"도자기 조각을?"

연수 어머니는 뭐가 뭔지 정신이 하나도 없었습니다.

"학교 언제 갈지 이따 말해 주세요. 태권도 도장에 갔다 올게요."

유리 조각이 든 비닐봉지를 들고 정신 나간 사람처럼 서 있는 어머니를 뒤로 하고 연수는 즐겁게 폴짝폴짝 뛰어 태권도 도장으로 갔습니다.

'페스탈로치라는 사람이 유리 조각을 주웠다던데, 우리 연수가……'

연수 어머니는 유리 조각이 든 비닐봉지를 들고 분리수거 통이 있는 곳으로 발길을 옮기면서 이런 생각을 했습니다.

# 이야기가 사는 교실

한실초등학교 4층 남쪽 끄트머리에는 '이야기가 사는 교실'이 있어요. 교실 앞에 달린 패찰에 그렇게 씌어 있어요. '이야기가 사는 교실'이 뭔지 궁금하지요?

'이야기가 사는 교실'에 들락거리는 사람들을 한번 볼까요? 보통 교실에는 학생들과 선생님이 주로 들락날락하잖아요. 가끔은 학부모들이 들리기도 하지만 말이에요. 그런데 '이야기가 사는 교실'에는 별별 사람들이 다 들락거려요. 선생님들과 학생은 물론 동네 사람들도 드나들거든요. 선생님들 가운데는 교장 선생님이 가장 자주 들락날락해요. 뿐만 아니지요. 허리가 꼬부라진 할머니도 왔다 가요. 도사처럼 수염을 허옇게 기른 할아버지도 왔다 가고요. 어떨 때는 경찰

서장도 왔다 가고, 시장에서 국밥집을 하는 아주머니도 왔다 가는 것을 봤어요. 앞을 못 보는 아저씨가 하얀 지팡이로 복도를 똑똑 두드리면서 왔다 가기도 했지요. 이 학교를 졸업한 언니 오빠들도 몰려와요.

'이야기가 사는 교실' 안을 가만히 들여다보면 여느 교실과는 아주 많이 달라요.

보통 교실에는 책상이 있고, 책상에 앉은 아이들 앞에는 아주 큰 네모난 칠판이 있잖아요. 물론 아이들은 공부가 시작되면 그 칠판을 뚫어져라 쳐다보고 있

고요. 하기야 요즘에는 칠판보다는 칠판 바로 곁에 서 있거나 매달려 있는 시커먼 네모 판을 더 열심히 쳐다보게 되었지만 말이에요. 그 네모 판에는 알록달록 그림도 나오고, 크고 작은 글씨도 나오고, 선생님 대신 설명도 해 주니까 열심히 쳐다볼 수밖에 없겠지요.

그런데 이 '이야기가 사는 교실'에는 네모난 칠판도 없고, 칠판보다 더 인기가 있다는 시커먼 네모 판도 없어요. 네모난 책상도 없고, 네모난 사물함도 없어요. 그러고 보니 바닥에 깔린 자리도 둥그렇게 되어 있네요. 바닥만 둥그렇게 되어 있

는 게 아니네요. 거기에 앉은 사람들도 모두가 다 둥그렇게 앉아 있군요.

문틈 사이로 이야기가 흘러나오고 있어요. 오늘 이야기를 하는 사람은 오른손이 없이도 아주 씩씩하게 잘 살아가는 채소 가게 아주머니네요.

"나도 배 속에서 나올 때는 양손이 다 멀쩡했다니까. 몇 살 땐지는 정확히 몰라. 그렇지만 기억은 어제 일처럼 생생해. 생각만 하면 소름이 끼쳐. 몸이 떨려. 비가 부슬부슬 내리는 저녁때였어. 아버지와 어머니는 들일 갔다 오지 않았어. 그 시간이 되면 으레 언니와 나는 풀을 썰어서 소죽 쑤는 일을 했어. 풀은 작두로 썰었지. 언니는 힘이 더 세니까 작두를 힘껏 밟는 일을 맡았고, 나는 풀을 작두에 갖다 넣는 일을 맡았지. 언니가 작두날을 높이 들었어. 어린 나는 있는 힘을 다해 풀을 작두날 밑에 밀어 넣었어. 언니가 힘껏 내리밟았어. 그래야 풀이 싹둑 잘리니까. 아, 그런데 세상에! 잘못하여 내 오른손이 풀과 함께 작두날 속으로 따라 들어가 버린 거야. 그러고는 어찌 되었는지 몰라. 기절을 해 버린 거지. 내 참, 흐흐."

아주머니의 '흐흐' 하는 소리는 웃음 같기도 하고 신음 같기도 했어요.

"저런!"

"어머나!"

"쯧쯧쯧!"

여기저기서 안타까워하는 소리가 들렸어요. 훌쩍거리는 소리도 들렸고요.

이야기는 계속되었어요.

"초등학교에 다닐 때 내 별명이 외팔이였어. 손이 하나 없는 것이지 팔은 둘 다 있는데 말이야. 나는 그 소리가 정말 듣기 싫었어. 죽고 싶을 때가 얼마나 많았다고. 가장 슬플 때가 언제였는지 알아? 장갑을 사서 한 짝은 버려야 할 때였어. 그런데 말이야, 내가 어디서 용기를 얻었는지 알아?"

채소 가게 아주머니가 숨을 고르느라 이야기를 잠시 멈추었어요.

"언제 어디서 용기를 얻었나요?"

이야기를 열심히 듣던 학생 하나가 재촉하듯이 이렇게 물었어요.

"응, 그래 이야기할게. 초등학교 3, 4학년 때쯤이었을 거야. 공기놀이 있잖아. 밤알만 한 돌멩이 다섯 개를 가지고 손재주를 부리면서 노는 놀이 말이야. 요즘에는 플라스틱으로 만든 것으로 놀대. 그때 우리는 그 공기놀이에 미치다시피 했어. 어떨 때는 밥 먹는 것도 잊고 그 놀이에 매달렸다니까. 그렇지만 나는 공기놀이가 아주 서툴렀어. 그건 당연한 거야. 왼손잡이도 아니면서 왼손으로 하니까 얼마나 어둔하겠어. 안 그래? 그래서 편을 갈라 할 때는 내가 자기편이 되는 것을 아이들 모두가 싫어했어. 공기놀이를 할 때는 자연스럽게 왕따가 되어 버리는 거지. 정말 콱 죽어 버리고 싶더라고. 나는 방 안에 혼자 틀어박혀 있는 날이 많아졌어. 그렇지만 혼자 있어도 공기놀이가 하고 싶어서 죽을 지경이야. 혼자서 공기놀이를 하기 시작한 거지. 아, 그런데 말이야. 그렇게 혼자서 자꾸 하니까 언제부턴가 아주 잘되는 거야. 자신이 생기더라고. 나는 아이들한테 같이하게 해 달라고 졸랐지. 그래서 어떻게 되었는지 알아? 자기편이 된 것이 못마땅해서 떨떠름해하던 아이들이나, 자기편이 안 된 것을 다행스럽게 생각하던 아이들 모두

를 깜짝 놀라게 만들고 말았지 뭐야. 내가 너무 잘해 버린 거지. 내가 들어가는 편은 번번이 이기고 말았다니까. 공기놀이 선수가 되어 버린 거야. 그 아이들만 놀란 게 아니라 놀라기는 나도 마찬가지였어."

"이야, 짝짝짝!"

"야호, 짝짝짝!"

열심히 듣던 아이들이 손뼉을 크게 치는 바람에 이야기가 잠시 끊겼어요.

"나도 공기놀이 잘하는데."

누가 이렇게 말해서 '이야기가 사는 교실'은 잠시 '와' 하고 웃음이 터지기도 했어요.

채소 가게 아주머니 이야기가 끝났어요. '이야기가 사는 교실'을 나오는 아이들 얼굴에는 기쁨이 가득해요. 슬픈 이야기를 한 채소 가게 아주머니 얼굴에도 만족스러움이 가득하고요. 모두가 행복한 얼굴이네요.

며칠 전에는 교장 선생님이 이야기를 했어요. 이야기를 듣는 사람 가운데는 학교 앞 문방구 집 2층에 사는 할머니도 끼여 있었지요. 그때 교장 선생님이 한 이야기가 뭔지 아세요? 진짜 웃기는 이야기였어요. 웃기는 이야기였는데도 이야기가 끝나자 1학년 아이 하나가 뭐라고 그랬느냐면요, '불쌍하다.' 이렇게 말했다니까요. 그날 이야기는 이랬어요.

교장 선생님은 초등학교를 다닐 때 높은 산을 두 개나 넘어서 다녔대요. 아무리 빨리 다녀도 한 시간 반은 걸렸대요. 먼먼 산길이라서 혼자서 다니지 않고 몰려다녔다고 했어요.

그때는 남자와 여자가 잘 어울려 놀지 않았기 때문에 남자들만 네 사람이 함께 집으로 가는 길이었대요. 교문을 막 나서는데 누가 먼저랄 것도 없이 네 아이가 동시에 길바닥에 떨어져 있는 동전 10원을 봤대요. 아이들은 그 돈을 어떻게 할까 하고 의논을 하기 시작했어요. 선생님한테 갖다 주자는 아이도 있었지만 결국은 과자를 사 먹기로 하고 학교 앞 문방구로 가게 된 것이지요. 그런데 문제는 그 돈으로는 왕눈깔사탕 한 개밖에 줄 수 없다고 하더라나요. 용돈을 갖고 다니는 것은 생각도 못한 시절이니 더 보태 살 수도 없는 노릇이지요. 그렇다고 그 단단한 왕눈깔사탕을 깨뜨려 네 동강이로 낼 수도 없었답니다. 왕눈깔사탕은 굉장히 단단하거든요. 아이들은 궁리를 했지요. 할 수 없다. 돌아가면서 번갈아 빨아 먹을 수밖에. 아이들은 누구부터 빨아 먹을지 가위바위보로 정했어요. 가장 먼저 빨아 먹는 아이에서부터 마지막으로 빨아 먹는 아이까지 차례가 정해졌어요. 첫째 아이가 빨아 먹을 때는 나머지 세 아이는 군침을 삼키면서 차례가 얼른 오기만을 기다렸지요. 첫째 아이가 어느 정도 빨고는 둘째 아이에게 넘겼어요. 첫째, 셋째, 넷째 아이는 또 군침을 삼키면서 기다렸어요. 다음에는 셋째 아이에게 사탕이 넘어갔어요. 그다음에는 넷째 아이에게 사탕이 넘어갔어요. 넷째 아이는 힘이 센 아이라서 다른 아이보다 더 오래 빨아 먹었어요. 첫째, 둘째, 셋째가 불평을 했어요.

"불공평하다. 이러지 말고 100걸음 걸을 때까지만 빨고는 넘겨주자."

참다 못해 첫째가 이런 생각을 낸 것이지요.

"좋다, 그게 공평하다."

모두들 찬성을 해서 100걸음 걷고는 넘겨주곤 했지요. 그런데 또 넷째에게 가서 문제가 생겼어요.

넷째가 천천히 아주 천천히 걸음을 옮기는 게 아니겠어요. 걸음은 100걸음이지만 빨아 먹는 시간은 첫째, 둘째, 셋째보다 몇 배 더 오래 빨아 먹게 되니까 그 또한 불공평했어요. 이제 첫째도 둘째도 셋째도 천천히 아주 천천히 걸었어요. 그렇게 되니 집에 가는 길이 줄지 않는 거예요. 사탕은 녹아서 줄어드는데 말이에요. 아이들은 사탕이 다 녹아 없어진 뒤에서야 어둑어둑해진 산길을 급히 뛰어서 집으로 왔다지 뭐예요.

그런데 교장 선생님이 몇 번째 아이였는지 모르지요? 아이들은 기절할 뻔했다니까요. 그 욕심쟁이인 네 번째 아이가 교장 선생님이래요.

'이야기가 사는 교실'에는 교장 선생님 말고 선생님들도 많이 이야기를 했어요. 2학년 김민식 선생님이 들려준 오줌 싼 이야기도 얼마나 웃겼다고요. 이 '이야기가 사는 교실'에는 구청장도 와서 이야기를 했고요, 시장에서 뻥튀기를 튀기는 할아버지도 와서 했어요. 5학년 은지 할머니도 와서 했고요, 베트남에서 온 지영이 어머니도 어둔한 말로 이야기를 해 주었어요. 어른들만 이야기를 한 게 아니에요. 6학년 아이가 1학년 때 있었던 이야기도 했고요, 1학년 아이들이 이야기꾼으로 나선 일도 있어요. 어떤 아이들은 부모님에게 들은 부모님의 어린 시절 이야기를 들려주기도 했어요.

이제 알았지요? 교실 이름이 왜 '이야기가 사는 교실'인지요.

그런데 말이에요, '이야기'란 놈은 전염성이 아주 강한 모양이에요. 여기저기 다니면서 마구마구 전염을 시켰다니까요. 지훈이네 집에도 '이야기가 사는 방'이 생기고, 전염성이 얼마나 강한지 한실초등학교에 다니는 학생이 없는 동장네 집에도 '이야기가 사는 방'이 생겼어요. '이야기가 사는 방'이 생겼는지 어떻게 아느냐고요? 그거야 대번에 알지요. 방 안 모양부터 다르니까요. 방 안에는 대장 노릇하던 시커먼 네모 판 말이에요, 그게 없어요. 설사 있다고 해도 더 이상 대장 노릇을 못 하고 그만 입을 다물고 있다니까요. '똑' 하고 꺼 놓은 것이지요. 또 방 안에 앉아 있는 모습도 달라요. 둥그렇게 둘러앉아 있어요. 이야기는 둥그렇게 둘러앉아야 잘 사는 모양이지요.

그런데 '이야기'란 놈 말이에요, '이야기가 사는 교실'에서 '이야기가 사는 방'으로, '이야기가 사는 방'에서 '이야기가 사는 교실'로 옮겨 다니면서 살이 통통하게 찌고 잘 살았대요. 이야기를 자꾸자꾸 퍼뜨리면서 말이에요.

그놈과 할아버지와 구제역

작년, 그러니까 5학년 겨울 방학 때다.

"안 되겠다, 영하 10도까지 내려간다네. 이러고 있을 때가 아니다."

텔레비전 뉴스를 보던 할아버지가 벌떡 일어났다. 옷장에서 오리털 외투를 꺼냈다.

"아버님, 안 돼요. 며칠만 지나면 풀린다고 하잖아요."

부엌에서 점심 준비를 하던 어머니가 할아버지 외투를 빼앗으며 말렸다.

"안 된다, 죄받는다. 아무리 말 못 하는 짐승이지만……."

"담티목장 못골 어른네가 알아서 잘 거둬 줄 텐데 뭘 그렇게 걱정하세요. 그냥 전화로 한 번 더 단단하게 일러 두시고 날씨 풀리면 가세요. 몸도 아직 완쾌되지 않았잖아요."

어머니는 빼앗은 외투를 등 뒤로 감추면서 자꾸만 말렸다.

"아니다, 그 옷 이리 다고. 담티목장 소들은 바깥 생활이 몸에 익었지만 우리 그놈은 이 추위 못 이긴다. 절대로 못 견딘다. 끓인 쇠죽도 먹지 못하고 바람이 숭숭 들어오는 목장 안에서 이 칼추위를 못 견디고 말고다. 에미야, 내 니 마음 다 아니 그 옷 얼른 다고."

할아버지는 집에서 기르고 있는 늙다리 황소를 늘 '그놈'이라 한다. 이름도 성도 없는 '그놈'이다.

할아버지의 그놈 사랑을 잘 아는 어머니는 더 이상 버티지 못하고 오리털 외투를 할아버지에게 입혀 드렸다. 그리고 따뜻한 털목도리를 목에 감아 드렸다.

"할아버지 저도 따라 갈래요. 저도 데려가 주세요."

할아버지와 어머니가 밀고 당기는 실랑이를 못 듣는 척 기회만 노리던 나는 이때다 싶어서 얼른 끼어들었다.

"뭐라 하노? 어림없는 소리 마라. 이게 어디 보통 추위냐? 지금은 가 봐야 먹을 것도 놀 곳도 없다. 여름 방학 때 오너라."

할아버지가 정색하며 손을 내저었다.

"할아버지도 가시잖아요. 내복 입고 갈게요. 내복 입으면 하나도 안 춥단 말이에요. 그리고 이 거위털 잠바를 입으면 바로 에스키모가 된다니까요."

나는 얼른 내복을 찾아 들었다. 할아버지가 따라다니며 입으라고 해도 거들떠 보지도 않던 내복이다.

"아버님, 철이 데려가세요. 마침 학원도 며칠 쉰다고 하네요. 철이 녀석 고집이 얼마나 세다고요."

"아무리 고집을 부려도 안 되는 건 안 되는 거여."

"할아버지도 고집을 부려서 통과되었잖아요."

"뭣이, 통과? 하하하! 녀석 고집은 누굴 닮아서……"

허락이다. 할아버지식 허락이다. 나는 그걸 대번에 알아차렸다.

"누굴 닮기는요, 애비를 닮았지요."

어머니 역시 할아버지 마음을 알아차리고 농담을 끼어 넣었다.

"그 애비는 누굴 닮았는고?"

"그거야 할아버지를 닮았지요."

"그래 맞다, 내가 고집쟁이 원조다. 삼대 고집쟁이 원조. 하하하!"

손톱도 안 들어갈 것 같던 할아버지 마음이 이상하게도 봄눈 녹듯이 녹아내렸다.

"이렇게 가실 줄 알았으면 아침나절에 보내 드리는 건데 너무 늦어서……"

"괜찮다. 윗집 영식이가 버스 정류장까지 트럭 몰고 온다고 했다. 그리고 보일러도 틀어 놓기로 했으니 니는 아무 걱정 말거라."

이렇게 하여 할아버지는 몸살 치료를 위해 우리 집에 온 지 일주일 만에 다시 시골로 가게 되었다. 우리 집으로 올 때도 그놈 때문에 안 된다는 걸 아버지가 억지로 모셔 왔다. 할아버지가 가장 못마땅해하는 담티목장 못골 어른에게 그놈을 맡기고 말이다.

"아무리 돈 벌기 위해 그런다지만 그게 어디 마구간*이냐? 똥통이지."

"목장은 무슨 썩어 빠질 목장, 쇠고기 만들어 내는 공장이지 그게 목장이냐?"

이번에는 어쩔 수 없이 거기에 그놈을 맡기긴 했지만 늘 못마땅해했다.

버스는 겨울 짧은 해가 산 너머로 꼴깍 사라진 뒤에야 시골 정류장에 닿았다. 해가 지자 추위는 더 매섭다. 정말 칼바람이다.

"고맙네, 이렇게 태워 줘서. 그나저나 우리 그놈 별 탈 없이 잘 있는지?"

할아버지는 트럭 조수석에 앉아서 연신 그놈 걱정이다.

"어제 목장에 가 봤는데 아무 탈 없이 잘 있었어요. 근데 그놈이 사료를 잘 안 먹데요. 그래서 마른 짚을 주니까 좀 먹기는 하더라구요."

"그랬어? 내 그럴 줄 알았지. 그놈이 어디 사료를 먹어 봤어야지. 그러니 못 먹지. 끓인 쇠죽만 먹던 놈인데 말이야. 얼마나 배가 고팠으면 말라빠진 짚을 다 먹었을꼬? 허허한 배로 추위를 어떻게 이겼을꼬? 쯧쯧쯧!"

나는 할아버지 얼굴을 슬쩍 봤다. 안타까워 못 견뎌하는 표정이다.

빈방이었지만 미리 돌려 둔 보일러 덕분에 방 안은 생각보다 따뜻했다.

"넌 여기 앉아 에미가 싸 준 김밥 먹고 있어라. 할아버지는 그놈부터 몰고 와

● 마구간 : '외양간'의 경북 지방 사투리.

야겠다."

할아버지가 오리털 외투를 벗어 놓고 일할 때 입는 두꺼운 외투를 찾아 입었다.

"안 돼요, 저도 데려가요. 저도 목장에 가 보고 싶어요."

나는 또 고집을 부렸다.

"이 추운 밤에 어떻게 가겠다고? 그래 가자. 혼자 있기가 뭣하제? 모자 쓰고, 장갑 끼고, 마스크까지 해라. 조옴 추워야제."

할아버지가 손전등을 들고 나섰다. 나는 에스키모처럼 해서 할아버지 뒤를 따랐다. 담티목장은 그리 멀지 않았다.

"쯧쯧쯧!"

할아버지는 소들이 죽 늘어서 있는 마구간을 비추면서 목장 안으로 들어갔다. 연신 혀를 차면서. 손전등에 얼렁얼렁 비친 마구간 바닥은 차가운 시멘트 바닥이었다. 거기는 소똥과 오줌이 범벅이 되어 물 빠진 논바닥 같았다. 보기는 물컹물컹한 진흙 반죽 같았지만 추위에 꽁꽁 얼어 돌덩이가 되어 있었다. 누울 곳은커녕 두 발을 딛고 서 있기도 마땅치 못했다. 그런 똥오줌 범벅 위에 누워 있는 소들도 보였다. 한 칸에 여러 마리가 들어 있었다. 어떤 곳은 네 마리가 들어 있는 곳도 있었다. 할아버지가 그처럼 걱정하던 까닭을 알고도 남겠다. 여기에 견

주면 할아버지네 집 마구간은 고급 호텔이다.

"으음머!"

그놈이다. 기다렸던 모양이다. 반기는 모습이 역력하다. 눈을 둥그렇게 뜨고 할아버지를 쳐다보는 모습이 그렇다. 앞발을 들었다 놓았다 한다. 반갑다는 몸짓인 모양이다.

"어이구 이놈아, 미안하다. 고생 많았지? 얼른 가자, 죽 끓여 줄게. 뜨뜻한 죽 먹고 나면 좀 나을 거다."

할아버지가 소를 이리저리 어루만지면서 사람에게 이야기하듯이 중얼거렸다.

할아버지가 소타래이*를 풀었다. 소는 기다렸다는 듯이 조금도 망설임 없이 문을 나선다. 함께 있던 소가 그 자리에서 빙글빙글 돈다. 그러다가 우뚝 서서 그놈과 우리들을 물끄러미 바라본다. 따라오고 싶다는 듯이. 그 옆 칸에는 갓 태어난 송아지 한 마리가 자다가 일어났는지 어미 소 곁에서 어벙벙한 모습으로 우리를 바라본다. 귀엽기도 했지만 불쌍하다. 이 추위를 이길까 싶었다.

할아버지네 집 마구간은 정말 깨끗했다.

"이게 이불이다, 이불."

● 소타래이 : '소고삐'의 경북 지방 사투리.

할아버지는 마른풀을 넣고 또 넣었다. 소똥이라고는 찾아볼 수가 없다. 푹신했다. 사람이 자도 될 것 같다. 우리 마을 빈집에 만들어 놓고 놀던 본부 같다. 아니 거기보다 더 좋다.

"이 삼정*을 입혀야 해. 이게 이놈에게는 옷이지."

할아버지가 짚으로 촘촘하게 짜 만든 두꺼운 보자기 같은 것을 소 등에 덮었다. 그러고는 그것이 벗겨지지 않도록 긴 끈으로 꽁꽁 묶었다. 삼정 안에는 헌 옷 몇 벌을 깔았다.

"이건 내복이지."

"내복도 입혀요?"

"그럼 사람이 추우면 소도 추운 법이야. 얼른 쇠죽을 끓여야겠다."

할아버지는 쇠죽솥에 물을 붓고는 장작불을 지폈다. 썰어 놓은 짚이 들어가고, 콩깍지도 들어갔다. 콩도 한 줌 넣는다. 물이 끓으니 구수한 풀 냄새가 난다. 할아버지는 기역자 모양으로 된 나뭇가지를 들고 쇠죽솥 안에 있는 여러 가지를 고루고루 섞는다. 익은 것이 위로 가고 덜 익은 것은 다시 아래로 내려가고.

"이제 됐다. 그놈이 얼마나 배고프겠노?"

● 삼정 : 추울 때 소 등을 덮어 주는 멍석(경북 지방 사투리).

그러고 보니 마구간에서 그놈이 이쪽을 뚫어져라 보고 있다. 가끔 코를 훅훅 불기도 하면서.

"알았다, 알았어. 쇠죽 퍼 갈게."

그놈은 무럭무럭 나는 김을 이리저리 피해 가면서 쇠죽을 잘도 먹었다.

"그래, 그렇지. 많이 먹어. 많이 먹어야 이 추위를 이길 수 있어."

할아버지는 소 여물통 곁에 서서 소가 알아듣기라도 하듯이 계속 중얼중얼 한다.

"할아버지, 우리 그놈은 뜨듯한 쇠죽 먹고 푹신한 호텔에서 자게 됐지만 담티 목장 그 소들은 어쩌지요? 바닥이 전부 얼음덩이던데요."

방에 들어와서 김밥을 먹으면서 이렇게 물어보았다. 정말 걱정이 되어서 그랬다.

"목장 소들은 사료 먹는 것과 바깥 생활이 버릇돼서 견딜 거다."

"그렇지만 송아지들도 있던데……."

"죄받지, 죄받아. 말 못하는 소지만 소중한 생명이기는 마찬가지인데……."

할아버지가 혼잣말로 중얼거렸다.

"삼정이 벗겨지지 않았나?"

"그놈이 왜 이렇게 자지 않고 부스럭대노?"

할아버지가 몇 번이고 마구간을 들락거리는 것을 나는 잠결에 어렴풋이 들었다.

할아버지가 그렇게 애지중지하던 그놈,

할아버지 식구이자 동무였던 그놈,

할아버지네 큰 일꾼이었던 그놈,

할아버지 말을 다 알아듣던 그놈,

그놈이 지금 없다.

구제역인가 뭔가 그 무서운 돌림병 때문에 살처분이라는 걸 당해서 땅에 묻혔다.

수의사와 공무원들이 와서 그놈을 살처분한다고 땅에 묻던 날, 할아버지는 울었단다. 끓인 쇠죽 먹으면서 살아온 그놈은 구제역에 절대 걸리지 않는다고 버티다가 결국은 울고 말았단다. 그놈이 흘리는 눈물을 보고는 그만 소타래기를 놓고 꺼억꺼억 소리 내어 울더란다. 그놈이 담긴 포클레인 바스켓을 붙잡고 서럽게 서럽게 울더란다.

그놈은 이제 없다. 근육 이완제* 주사 한 방 맞고 기절한 채로 차디찬 땅속에 묻혔다. 할아버지 가슴에 묻혔다.

● 근육 이완제 : 소를 안락사시키기 위해 놓는 주사.

# 울면서 떠난 봉봉이네

"이야, 꿀이다!"

이거 도대체 얼마 만에 맛보는 꿀입니까?

아기 꿀벌 봉봉이는 이 꽃 저 꽃 신나게 옮겨 다니며 꿀을 빨아 먹습니다.

온 들판이 꽃 세상입니다. 온 세상이 복분자꽃 천지가 되었습니다.

봉봉이는 눈이 휘둥그레졌습니다. 세상에, 어찌 꽃이 이렇게도 많은지요! 봉
봉이는 이 꽃에도 앉았다가 저 꽃에도 앉았다가 마구 욕심을 내어 다닙니다. 봉
봉이 뿐만 아닙니다. 봉봉이 식구들 모두 욕심을 내어 다니기는 마찬가지입니다.
어디 봉봉이네 식구들뿐입니까? 봉봉이 동무도, 그 동무의 동무도, 아빠의 동

무도, 엄마의 동무도……. 모두모두 나와서 봉봉, 붕붕, 앵앵, 재앵재앵, 포륵포록 분주하기만 합니다. 잔치판이 벌어진 것이지요.

봉봉이네 집은 들판 한가운데에 우뚝 높이 서 있는 느티나무 둥치 속입니다. 느티나무는 무지하게 컸습니다. 키는 하늘을 찌를 듯이 높았고, 가지는 들판을 다 덮을 듯이 넓게 퍼졌습니다. 나이도 500살이 넘습니다. 워낙 오래된 나무라서 그런지 둥치 곳곳에 커다란 구멍이 뻥뻥 뚫려 속이 텅텅 빈 곳이 있습니다. 밖에서 봐서는 자그마한 구멍도 안에 들어가면 제법 큰 굴입니다. 어떤 곳에는 소쩍새가 살기도 하고, 어떤 곳에는 구렁이가 살기도 합니다. 느티나무 가지에는 온갖 새들이 삽니다. 잎사귀에도 별별 식구들이 제각각 보금자리를 치고 살아갑니다. 느티나무에서 살아가는 식구들은 느티나무가 싱싱한 잎을 피우면 자기들도 씩씩하게 힘을 내어 살아갑니다. 겨울이 되어 느티나무가 잎을 떨어뜨리고 잠을 자면 자기들도 구멍 속이나 껍질 밑에서 잠을 잡니다. 그러니 느티나무는 높고 높은 아파트보다 더 많은 식구들이 살아가는 맘모스 아파트입니다. 그 맘모스 아파트 작은 공간 한 곳에 봉봉이네가 살고 있습니다.

봉봉이네 조상들은 이 느티나무 구멍 속에서 오래전부터 대를 이어 오면서 살았습니다. 언제부터 살았는지 여왕인 봉봉이 엄마도 정확히는 모릅니다. 봉봉

이 할머니의 할머니도 살았으며, 그 할머니의 할머니의 할머니의 할머니도
살았던 곳입니다.
　산이 너무 멀어서 산에서 피는 꽃 속의 꿀은 모으지 못했지만 들판
에는 철철이 어김없이 꽃이 피고 졌습니다. 봄에는 노란 유채꽃,
무꽃, 파꽃 들이 앞다투어 피어 봉봉이네 식구들

을 바쁘게 했습니다. 여름에는 여름대로 호박꽃, 가지꽃, 땅콩꽃, 벼꽃이 논밭 가득 피었습니다. 가을에도 메밀꽃도 있고, 썩은 과일 같은 곳에서도 꿀을 모을 수 있어서 바쁘기는 마찬가지였습니다.

그런데 언제부턴가 이 들판에는 철 따라 꽃이 피지 않습니다.

"복분자라는 딸기가 있는데 그 농사 지으면 수입이 짭짤하다는 소문 들어 봤는가?"

"복분자로 술을 담가 먹으면 간도 튼튼해지고 눈도 밝아진다고 해서 사람들이 그리 많이 찾는다는 소릴 듣기는 들었지."

"뼈 빠지게 보리농사 지어 봐야 입에 풀칠하기 바쁜데 그 농사 한번 해 볼까?"

"무슨 수라도 써야지. 이래 가지고서야 어디 애들 학교 보내겠나? 등록금은 왜 그렇게 다락같이 치솟는지?"

"그러게 말일세. 소문 들어 보니 힘도 그리 많이 들지 않는다고 하더구먼."

이런 소문이 나돌더니만 들판에는 보리도 밀도 다 사라졌습니다.

해마다 보리꽃과 밀꽃에서 꿀을 따 모으던 벌들이 하는 일이 없어졌습니다.

"아랫마을 사람들은 복분자 농사지어서 한몫 잡았다네."

"그러게 말이야. 나도 돈 안 되는 채소 농사 진작 집어치우고 복분자나 심을 걸 그랬어."

"그래 말이야. 채소 농사가 어디 농사야. 힘들여 농사지은 만큼 얻는 것이 농사지. 이놈의 채소 농사는 농사 잘 지을 일보다는 그 해 값이 어떨지 점을 잘 쳐야 하니 그게 어디 농사인가 로또복권이지."

"그러게 말일세. 작년 양파 농사 지어 다 망했지 않은가? 돈 없어서 대학 다니던 아이 모두 휴학하고 군에 보내야 할 판이니……"

"늦다고 할 때가 가장 빠를 때라는 말 못 들어 봤어? 난 지금부터 시작해 볼까 싶네."

그 뒤부터는 이 들판에는 채소란 채소는 다 사라졌습니다.
채소 꽃에서 꿀을 따 모으던 벌들이 하는 일이 없어졌습니다.

"이게 어디 쌀값이야, 똥값이지."
"올해는 똥값이 문제가 아니라 아예 팔지도 못할지 몰라. 창고마다 쌀이 가득 차 있다고 하더구먼."

"쌀을 둘 곳이 없어서 가축 사료로 쓸 거라는 소릴 못 들었는가?"

"뭣이라? 소 돼지를 준다고? 아니 아프리카 같은 곳에서는 사람들이 굶어 죽어 가고 있다는데 가축에게 쌀을 준다고?"

"멀리 아프리카를 들출 게 뭐 있나? 북한 아이들도 굶어 죽어 가고 있다는데."

"그렇더라도 어쩌겠나? 쌀농사는 지어야 하제. 세상이 아무리 달라져도 쌀 없으면 다 죽어. 그건 변하지 않는 진리야."

"진리고 나발이고, 소 돼지 주겠다고 쌀농사 지어? 난 그리 못해."

그 뒤부터는 그 넓은 들판에서 벼들이 자라는 것을 볼 수 없게 되었습니다. 벼꽃에서 꿀을 따 모으던 벌들에게는 할 일이 없어졌고요.

그래서 온 들판은 복분자로 가득합니다.

올봄이었습니다. 애기 꿀벌 봉봉이가 막 태어났을 때입니다.

봉봉이네 식구들이 한자리에 다 모였습니다. 봉봉이네 식구들은 굉장히 많습니다.

"애기들은 커 가고 있는데 먹을 꿀은 하루가 다르게 줄어드니 어떡하면 좋을까?"

"하루 종일 날아다녀도 꽃은 안 보여."

"이 넓은 들판에 꽃이 하나도 없다는 게 도대체 말이나 돼?"

"일 년 가운데 꽃이 가장 많이 피는 계절이 봄인데 말이야."

"들판에 자라는 게 딱 한 가지뿐이야. 그것도 언제 꽃 필지 몰라."

"아무리 회의를 해 봐야 무슨 소용이야. 걱정한다고 꽃이 필 것도 아니고."

"방법은 딱 한 가지야. 우리 어른들은 굶을 수밖에 없어. 죽지 않을 정도로만 먹는 거야."

"그럴 수밖에 없겠지. 애기들을 굶길 수는 없으니."

벌들은 하루하루를 견뎌 내느라 무척 힘들었습니다. 짤록한 허리가 더욱 가늘어졌습니다. 굶다가 굶다가 죽어 가는 벌들이 늘어났습니다. 그러면서도 벌들은 들판에서 오직 하나밖에 없는 그 복분자에서 꽃이 피기를 기다리고 기다렸습니다.

"꽃이야! 꽃이 피었다니까. 연분홍 꽃이 들판 가득 피기 시작했어!"

망을 보러 갔던 꿀벌이 가지고 온 기쁜 소식입니다.

"뭣이! 꽃이 피기 시작했다고?"

굶고 굶고 굶어서 정신이 가물가물하던 벌들이 정신을 번쩍 차렸습니다.

"와, 꽃이닷!"

"와, 꿀이닷!"

봉봉이네 식구들이 한꺼번에 들판으로 쏟아져 나왔습니다.

봉봉이 동무네 식구들도 한꺼번에 들판으로 쏟아져 나왔습니다.

봉봉이 동무네 동무 식구들도 한꺼번에 들판으로 쏟아져 나왔습니다.

복분자꽃이 활짝 핀 5월 들판에 벌들의 잔치판이 벌어졌습니다.

여름이 가고 가을이 왔습니다.

봉봉이네 식구들은 5월과 6월에 꿀을 따 보고는 날마다 헛날만 보냈습니다. 어른 벌들이 번갈아 들판을 돌아다녀 봤지만 꽃이라고는 복분자꽃이 처음이자 마지막이었습니다.

봉봉이네 식구들이 다시 모였습니다.

"이러다간 우리 모두 다 굶어 죽을지 몰라."

"맞아, 아무리 둘러봐도 꽃이 필만 한 게 없어."

"앵앵이네처럼 이사 가야 하는 게 아닐까?"

"앵앵이네뿐만 아니라 재앵재앵이네도 떠났대."

"조상 대대로 살아온 이 느티나무를 어떻게 떠나나?"

"죽지 않으려면 어쩔 수 없는 일이지."

"모두 떠나 버리면 그 꽃 열매는 누가 맺게 하나?"

"지금 우리가 그 걱정 할 때가 아니야. 멈칫거리면 다 죽어."

"그래, 떠나는 거다."

봉봉이네가 느티나무를 떠나는 날입니다. 너무나 서운해서 그 큰 느티나무를 무리 지어 몇 바퀴나 돌았습니다.

"이제 떠나자!"

봉봉이 어머니인 여왕님이 울음 섞인 소리로 명령을 내렸습니다.

"가자, 웅웅!"

봉봉이네 식구들이 한꺼번에 내지르는 소리가 커다랗게 들렸습니다. 그건 슬픈 울음소리였습니다.

다 떠났습니다. 봉봉이네도, 붕붕이네도, 앵앵이네도, 재앵재앵이네도, 포륵포륵이네도…….

그래서 걱정입니다. 내년 5월 이 들판 복분자 열매는 누가 맺도록 해 줄까요?

또 걱정 하나가 더 있습니다. 봉봉이네가 사시사철 꽃 피는 들판을 찾았을까요? 그런 농사를 짓는 들판이 있기는 할런지요.